妹さえいればいい。

平坂読

イラスト／カントク

「ちんちん生えてんにょかこりゃ〜〜!」
酒乱

幸せ

青い小鳥たち

14

妹さえいればいい。

平坂読
イラスト／カントク

羽島伊月（はしま・いつき）
主人公。

羽島千尋（はしま・ちひろ）
主人公。

白川 京（しらかわ・みやこ）
主人公。

不破春斗（ふわ・はると）
主人公。

木曽撫子（きそ・なでしこ）
主人公。

海津真騎那（かいづ・まきな）
主人公。

八坂アシュリー（やさか・あしゅりー）
主人公。

三国山 蚕（みくにやま・かいこ）
主人公。

恵那刹那（えな・せつな）
主人公。

土岐健次郎（とき・けんじろう）
主人公。

羽島 和子（はしま・かずこ）
伊月の妻。

3年後

　11月中旬のある日。

　都内にある某ホテルのパーティー会場にて、第20回GF文庫ライトノベル新人賞の授賞式が行われていた。

「それでは、審査員の不破春斗《ふわはると》先生より今回の新人賞の総評をいただきます。不破先生は、第10回のGF文庫ライトノベル新人賞でデビューされ、デビュー作である『絶界の聖騎士《せいきし》』がアニメ化。さらには第2作目の『リヴァイアサン・リヴァイヴ』のテレビアニメも大ヒットし、第2期の制作も決定している、まさに現在のライトノベル界を代表する小説家です」

　司会の女性声優に紹介され、春斗が壇上へと上がる。

　不破春斗、28歳。長身に整った顔立ちの、作家歴10年の売れっ子である。

　5年前に初めて新人賞の審査員に加わってからというもの、授賞式での総評は毎回彼が担当していた。毎度のことながら「現在のライトノベル界を代表する」という大げさな紹介には辟《へき》易《えき》するものの、5年も続けていればさすがに慣れもする。

　気負いもなくマイクを手に取り、春斗はスピーチを始める。

「えー、ご紹介にあずかりました、不破春斗です。審査員を代表して総評を述べさせていただきます。が、その前に」

司会の声優の方に顔を向け、

「私のデビュー作のタイトルは絶界の聖騎士《せいきし》じゃなくて『絶界の聖霊騎士《シュヴァリエ》』です。ちなみに聖《せい》霊騎士《れいきし》と書いてシュヴァリエと読みます」

嫌味のない爽《さわ》やかな笑みを浮かべて指摘した春斗に、若い声優は「あっ、ご、ごめんなさい！」と慌《あわ》てて謝り、会場内に笑い声が上がる。

「ハハ、一昔前はこういう、漢字に片仮名のルビを振るタイトルが流行《はや》ってたんですけど、最近はめっきり減ってしまって少し寂しいですねアハハ。私が受賞してからもう１０年ですか……感慨深いです。というわけで、まずは受賞者の皆さん、このたびは本当におめでとうございます。ＧＦ文庫ライトノベル新人賞がスタートして２０回という節目に相応《ふさわ》しい、個性的で優れた作品が集まってくれたことを、審査員の一人として嬉しく思っています。最近はすっかりネットからの書籍化が作家デビューの主流になった感もありますが、そんな中――」

軽妙な語り口の中に、新人たちへの実用的なアドバイスや昨今の業界に対する鋭い分析を織り交ぜた春斗のスピーチに、受賞者のみならず出席者の誰もが聞き入った。

「お疲れ様でぇ～す、不破《ふわ》せんせ～」

スピーチを終えて壇上から降りた春斗《はると》に軽い調子で声を掛けてきたのは、同じく審査員である加茂正《かもただし》だった。汚れの目立つ高級スーツに身を包み、手には空《から》のワイングラスを持っている。

「いやー、やっぱ不破せんせーにお任せして正解でしたよ。自分、あんないいスピーチするの絶対無理っすわ」

「慣れですよ慣れ。来年こそは加茂さんがお願いします」

「あーあー聞こえなーい」

わざとらしく顔を逸《そ》らす加茂に、春斗は苦笑する。

一昨年に海津真騎那《かいづまきな》が審査員を辞め、代わりに審査員となったのが加茂だった。GF文庫新人賞の審査員は、伝統的に新人賞出身の作家が務めているのだが、他の候補者達――春斗と同等かそれ以上の売れっ子やベテラン作家――が皆、活動のメインを他レーベルに移したり活動休止しているため、適当な作家が加茂しか残っていなかったのだ。

「そもそも、やっぱ自分にゃ審査員とか向いてないっすわ……。元無職に、誰かの人生を左右するような責任ある仕事は荷が重いっす」

そう愚痴《ぐち》る加茂に、

「そこまで気負わなくてもいいと思いますよ。最終選考に残った時点でデビューはほぼ決まってるんだし、オレたちの役目なんてせいぜい賞金の金額を決めることくらいです」

春斗は、5年前の選考会で海津真騎那に言われたような言葉を返した。

とはいえ、春斗自身も選ぶ側のプレッシャーには未だに慣れないし、海津もあんなことを言いながら選考態度は真剣だった。仕事にちゃんと責任の重さを感じられる加茂は、意外と審査員として適任だと思う。

「はぁ〜、来年から誰か代わってくれませんかねぇ〜」

「無理だと思いますよ」

「……そう、ですね……。仲間たち、みんないなくなっちまって……畜生、みんないい奴だったのに……ううぅ……」

わざとらしい調子で加茂がランボーのような台詞《せりふ》を吐くと、

「誰がいなくなったんですか」

呆《あき》れ顔をして近づいてきたのは、加茂の同期の笠松青葉《かさまつあおば》だった。隣《となり》には同じく同期の相生初《あいおいうい》もいる。

高校2年でデビューした青葉は、現在21歳の大学3年生。2作目の『残念兄妹の生徒会選《せん》争《そう》』がヒットして現在もシリーズ継続中だが、大学進学後は学業の方に力を入れており小説の刊行ペースは控えめになっている。

初は現在28歳。専業作家として3本のシリーズを同時進行させており、毎年10冊前後という超ハイペースで本を出している。

「おお～、青葉《あおば》ちゅわん！　ますます美人になったねえ～。おっぱいも大きくなったんじゃないの～？」

ゲスい笑みを浮かべる加茂《かも》に、青葉は冷たい目でスマホを向け、

「今の台詞《せりふ》、録音しましたよ。これをネットにアップしたらどうなるでしょうね」

加茂の顔が一瞬で蒼白《そうはく》になる。

「ゲェェ!?　ネットはマジでやめてください！　炎上したらドラマ化が飛んじゃう！」

「このご時世に堂々とセクハラ発言をするからです」

「マジで勘弁してください！　ていうか自分、貧乳好きのロリコンなんで正直今の青葉ちゃんはまったくの対象外なんですＪＫに戻って出直してきてくださいごめんなさい！」

「な、なんで私が振られたみたいな感じになってるんですか!?」

青葉は顔を赤くしてツッコみ、「……まったく。本当に録音しておけばよかったです」と不機嫌そうにスマホをしまった。

「ふふ、でも青葉ちゃんは本当にどんどん綺麗《きれい》になっていきますね」と初《うい》が微笑《ほほえ》む。

もともと整った顔立ちの青葉だったが、大学進学を機にお洒落《しゃれ》にも目覚め、仄《ほの》かに色香も漂うスタイル抜群の美人へと成長した。

「そういう初さ――いえ、なんでもないです」

照れながら言いかけてやめる青葉。

青葉《あおば》とは対照的に、初《うい》のほうは生活のほぼすべてを小説に費やしており、ファッションに気を遣う余裕もないのか現在もジャージである。

「言いたいことはわかるわ青葉ちゃん」

初が顔を引きつらせて言う。

「わたしだって、授賞式くらいはちゃんとした格好をして来ようと思ったの……。でも……前に買ったドレスが入らなかったのよ……！」

「あー、たしかに初ちゃん前より明らかに太げふっ！」

うっかり言ってはならないことを口走ってしまった加茂《かも》に、青葉のボディブローと初のローキックが入った。

「をを……美女2人に理不尽な暴力を受けるなんて……自分はいつの間にハーレムラブコメの主人公になってたんだ、ぜ……？」

苦悶《くもん》の表情を浮かべながらもそんな寝言を宣《のたま》う加茂に、青葉と初は心の底から冷ややかな視線を向けるのだった。

そんな3人を見ながら春斗《はると》は苦笑し、

「はは……でも15期組は、なんやかんやでみんな成功してて凄《すご》いよね」

第15回の受賞者のうち、現在パーティーに出席しているのはここにいる3人だけだが、他の受賞者たちも作家として活動は続けている。

木曽義弘《きそよしひろ》（72歳）は『白銀色《シロガネ》の鬼が征《ゆ》く』がアニメ化し、今やGF文庫を支える柱の1人である。審査員のオファーは高齢を理由に断ったものの、気力体力筆力ともまるで衰えておらず、まだまだ現役で活躍し続けるだろう。

神坂蒼真《みさかそうま》（21歳）は3年前に『漬物ステーキ』と名を変えてブランチヒル文庫から再デビューした後、精力的に作品を発表し続けている。

柳ケ瀬慎《やながせまこと》（35歳）は活動の場をアダルト系のレーベルに移してスパンキング愛好家たちから熱狂的な支持を獲得し、18禁のOVAとして何本かアニメ化もされた。

彼ら彼女らの後にデビューしたにもかかわらず、数冊あるいは1冊本を出しただけで音沙汰《おとさた》がなくなってしまった作家が何人もいるなかで、同期6人全員が成功しているというのは、GF文庫だけでなく業界全体を見ても希少だ。

「そういえば、師匠は今日来てないんですか？　姿を見てないのですが」

同期の話題になり、青葉が春斗に言った。

『師匠』とは羽島伊月《はしまいつき》のことで、かつては『お兄ちゃん』と呼んでいたのだが伊月が結婚したのを機に呼び方を改めた。

「伊月？　来るって言ってたけどオレも見てないな……」

春斗が会場内を見回すも、伊月の姿はない。

しかしすぐ近くに伊月のGF文庫の担当編集である土岐健次郎《ときけんじろう》の姿を発見したので、春斗は

彼に伊月《いつき》がどこにいるか訊《たず》ねた。すると土岐《とき》は僅《わず》かに寂しそうな苦笑いを浮かべ、

「ああ……伊月なら急用ができて来られなくなったみたいですよ」

「急用？」

授賞式をすっぽかすほどの急用とは一体なんだろうと春斗《はると》が訝《いぶか》る。と、そのとき、土岐のスマホが震《ふる》えた。

「……伊月からです」

そう言って土岐はなぜか、スマホを春斗へと手渡してきた。

「オレが出ていいんですか？」

土岐が頷《うなず》いたので、春斗は通話ボタンを押してスマホを耳に当てる。

『……こちらスネーク……大佐、聞こえるか……』

スマホから聞こえてきた低く抑えた声は、もちろんスネークではなく羽島《はしま》伊月26歳のものだった。

「誰が大佐だ」

『うん……!? その声は春斗か……？ なんでお前が……いやまあ春斗でもいい、むしろ好都合だ……』

伊月の声に含まれる焦燥《しょうそう》の色に、春斗はますます困惑を強める。

「どうしたんだ伊月？」

『俺は今、ある場所に監禁されている……』

「監禁!?　マジでなにがあったんだ伊月!?」

焦《あせ》る春斗の質問には答えず、伊月はどこか弱々しい声で、

『春斗……どうにか10分……いや、5分でいい……ヤツの気を引いてくれ……その間に俺はどうにかここから脱出する……お前なら、いや、お前にしかできない……』

「ヤツ!?　ヤツって誰のことだ!?」

……実を言うと既になんとなく状況は察しがついていたが、春斗はあえて茶番に乗っかってシリアスな声で問いかけた。

『ヤ、ヤツの名は――』

伊月がその名を告げる前に、

『あっ！　こら！　スマホ禁止って言ったでしょ！　ていうか、荷物は調べたはずなのにどうやって持ち込んだのよ!?』

伊月ではない別の人物の声がスマホから聞こえてきた。

声の主は白川京《しらかわみやこ》、26歳。

ブランチヒル文庫の編集者で、伊月の担当編集でもある。

『頼む……一目でいい……家族に……家族に会わせてくれぇぇ……』

『この原稿が終わったらすぐにでも会わせてあげるわよ！』

『地獄でな……ってやつだろう?』

『人聞きの悪いこと言わないでよ！　ちゃんと生きて会わせてあげるから！』

聞こえてくる馬鹿なやりとりに、春斗《はると》の口から失笑が漏れる。

「おーい、もう切っていいかー?」

『ま、待て、俺を見捨てるな！』

『誰と話してるのよ。……あぁ、土岐《とき》さんか。……お疲れ様です土岐さん』

京《みやこ》が伊月《いつき》からスマホを取り上げ、話しかけてきた。

春斗は一呼吸おいたあと、

「やあ、京ちゃん」

『え!?　春斗さん!?』

京が驚きの声を上げた。

「相変わらず大変そうだね。またいつもの監禁部屋?」

『監禁部屋じゃないです。クリエイターに集中して仕事していただくための特別室です』

春斗の言葉を京は淡々と訂正した。

ギフト出版のビルと同じく、ブランチヒルにもクリエイターを監禁もとい仕事に集中させるためのカンヅメ部屋が存在する。ブランチヒルが入っているビルの1階にある喫茶店の奥に秘密の入り口があり、元はワインセラーだった地下室がカンヅメ部屋として使われているのだ。

ブランチヒル文庫で仕事するようになって3年、羽島《はしま》伊月はすっかりその特別室の常連となっていた。

『あっ、こら伊月！　待ちなさい！』

『くそーっ！　放せー！　俺は家族のところに帰るんだー！』

『家族が大事なら大人しく従いなさい！』

電話している隙に伊月が逃亡を図ったらしく、どたばたともみ合う音が聞こえてくる。

『やめろ！　……クッ、わかった……なんでも言うことをきく……だから家族にだけは手を出さないでくれ……』

『だからあたしを映画の悪役みたいにするのやめてってば！』

『人を拉致《らち》監禁しておいて言えたことか！　鬼！　悪魔！　編集者！』

春斗の胸がちくりと痛む。

京が伊月の担当編集となって3年。春斗よりも伊月と過ごす時間の方が圧倒的に多く、そして濃密なのだ。

春斗と京はこの3年間、何度か2人で出かけたりはしているものの、未だに交際には至っていない。進展といえば、京が春斗のことを下の名前で呼んでくれるようになったことくらいだ。

京は担当作の『主人公になりたい』が大ヒットしたことでメディアミックス絡みの仕事も増え、さらに伊月以外にも手のかかる作家を何人も抱えているため、毎日休む間もないほど忙しく働いている。

春斗《はると》は春斗で、2年前『リヴァイアサン・リヴァイブ』のアニメに脚本から設定監修までガッツリ関わって成功を収めて以降、アニメ2期他メディアミックスの仕事に、ソーシャルゲームのシナリオや漫画原作、新人賞の審査員、それからもちろん本業である小説の執筆など、かつてないほど多忙を極めている。

お互い仕事が忙しすぎて、ここ最近は顔を合わせる機会すらほとんどない。

仕事が順調なのはいいことだし、既婚者の伊月《いつき》と京《みやこ》が恋愛的にどうこうなるわけでもないが、それでも自分より他の男と過ごす時間の方が多いというのはやはりモヤモヤする。

「まあその、頑張ってね」

努めてあっけらかんとした声でそう告げて、春斗は通話を切った。

「ハァ……」

思わずため息を漏らしたあとハッとして顔を上げると、土岐《とき》、加茂《かも》、青葉《あおば》、初《うい》が生温かい眼《まな》差《ざ》しで春斗を見ていた。春斗と京が友達以上恋人未満の微妙な関係を延々と続けていることは、4人とも知っているのだ。

「いや〜、イケメンの売れっ子作家さんも大変っすな〜」

加茂がウザい口調でポンポン肩を叩《たた》き、春斗は顔を引きつらせる。

「今どき珍しいピュアピュアな恋にきゅんきゅんします」と青葉。

「春斗先輩、寂しさに耐えられなくなったらいつでもわたしのところに来てくださいね」

初がからかうように言って、春斗は乾いた笑みを返すしかなかった。


春斗が初たちにからかわれていた頃。

ブランチヒルの監禁部屋で、羽島《はしま》伊月は渋々小説の執筆を再開した。

京からの誘いに応じて出版した『主人公になりたい』が空前の大好評を博して以来、伊月はこの3年間で単巻完結の小説を7冊発表した。GF文庫の『L⇕R《エルアール》デイズ』シリーズも継続中だが、エージェント契約を結んだこともあって、活動のメインはブランチヒルの方に傾いている。

エージェント契約とは、普通の編集者のように自社から作品を出版するための仕事だけでなく、作家と他社（出版社だけでなくゲームや映像関係、新聞社などとも）との窓口になって交渉したりスケジュール調整を行ったりと、作家がより良い環境で仕事ができるよう包括的なマネジメントを行い、作家はそれに応じた報酬を支払うという契約のことである。名義上はブランチヒルという会社との契約ではあるが、実際のエージェント業務は担当である京が一人で行っており、伊月がブランチヒルに支払った報酬もほぼ全額京に渡っている。

そんな京《みやこ》と組んでブランチヒルや他の会社から出版した7作品は、いずれも売れ行き好評ではあるものの、『主人公になりたい』を超えるほど評判になった作品は1つもなく、口さがない者たちからは「『主人公になりたい』だけの一発屋」呼ばわりされている。そう言われるであろうことはあらかじめ想定内で、伊月《いつき》自身、『主人公になりたい』を超える作品を創れていないという自覚はあるのだが、それでもムカつくものはムカつく。

さらには、1年前に妻である羽島和子《はしまかずこ》――ペンネーム・可児那由多《かになゆた》との間に子供が生まれ、彼女が育児のために作家を休業することを発表したため、伊月は一部の熱狂的な那由多信者から大いに恨まれることになった。

SNSや匿名《とくめい》掲示板やレビューサイトでは伊月のファンとアンチが毎日のように醜い争いを繰り広げており、真っ当な作品の感想や伊月への応援の言葉が埋もれてしまっているほどである。

作品のメディアミックスなどでどんどん増えていく雑務。

なかなか理想どおりの作品が書けないもどかしさ。

ファンからのプレッシャー、アンチによるストレス。

結婚し、子供が生まれたことで大きく変化した私生活と、家族を守らねばならない責任。

ますます売れっ子作家になっていく春斗《はると》や、日に日に敏腕編集者として成長していく京に対する焦《あせ》り。

それらが渾然一体《こんぜんいったい》となって襲いかかり——最近の伊月はスランプ気味なのだった。

「うがああああああああ！　俺以外の売れっ子作家とクソ編集者とクソアンチがみんな体中の毛穴から変な色の汁が出る奇病にかかりますように!!」

自分以外誰もいない薄暗い地下室で呪《のろ》いの言葉を叫びながら、伊月は乱暴にキーボードを叩《たた》く。

荒ぶる感情をそのままぶつけて一応完成したその原稿は、誤字脱字が酷《ひど》く文章も乱れ気味だったが、

「うーん……。まあ、著者校でしっかり直してもらうけど、とりあえず今日のところは帰っていいわよ」

原稿を読み終えた京は、そう言って伊月を地下室から解放した。


「お帰りなさい、伊月さん」

午前０時少し前——約３日ぶりに家に帰ってきた伊月を、妻の和子が笑顔で迎えた。ちなみに服は着ている。

伊月が現在暮らしているのは、３ＬＤＫのファミリー向けマンションで、大学時代から住ん

でいたギフト出版近くの部屋は3年前に引き払った。

場所は伊月《いつき》の実家から徒歩10分という近所にあり、おかげで父・啓輔《けいすけ》や母・棗《なつめ》、妹の千尋《ちひろ》がよく子供の世話をしに来てくれるだけでなく、伊月や和子《かずこ》が妹の栞《しおり》を幼稚園にお迎えに行くこともある。

「お腹減ってますよね？　すぐにご飯温めます。あ、それとも先にお風呂にしますか？」

昔は家事も料理も全然できなかった和子だが、結婚して伊月と一緒に住むようになってからは熱心に千尋に教えを請い、今ではすっかり一人前の主婦スキルを身に付けた。同じく生活力ゼロだった伊月も千尋から色々教わりはしたものの、主婦業に専念している和子に大きく水をあけられている。

「とりあえずシャワー浴びてくる。でもその前に……」

伊月はそっと、リビングに繋《つな》がっている和室の扉を開ける。

寝室となっているその部屋には、伊月と和子の布団《ふとん》の間にベビー用布団が敷かれ、1人の赤ん坊が寝息を立てていた。

羽島宙《はしまそら》、1歳6か月。

伊月と和子の間に生まれた男の子である。

宙の寝顔を見ていると、3日間のカンヅメ生活の疲れや、なかなか思い通りにいかない作家人生に対するクサクサした感情が、一気に浄化されていく気がした。

妻と息子を守るためなら、自分はどんなことでも耐えられる。

これからも家族のために全力で頑張っていこう。

湧き上がるそんな、誰に恥じる必要もない正しく美しいはずの感情に、伊月《いつき》は何故《なぜ》か、少しだけ違和感を抱いてしまう。

自分という人間は、羽島《はしま》伊月という小説家は、そんな上等な男だっただろうか——。

Q&Aコーナー

質問

作家の皆さんに質問です。長年書いてきたシリーズが完結するとき、どんな気持ちになりますか？

そうだなあ……。達成感と同時に、もうこの世界やキャラクターを書くことはないんだなって寂しさもあるし、読者からの感想とか、メディア展開を通して経験した嬉しかったことや苦労が蘇ったり、この先どうしようって不安もあったり、とても簡単には説明できない複雑な感情があるね。

ただ一つ断言できるのは、作品を無事に完結させられた作者は幸せであり、完結した作品は幸せであるということだ。

そうだな……それだけは間違いないよ。

カンヅメ部屋から帰還して数日後の土曜日、伊月《いつき》は和子《かずこ》と宙《そら》と一緒に羽島《はしま》家の実家にやってきた。

毎週土曜日は、二家族揃《そろ》って夕食を食べる。それが宙が生まれてからの羽島家の慣習となっていた。

「あ、いらっしゃい」

玄関先で千尋《ちひろ》が3人を出迎える。

羽島千尋、22歳。

現在大学4年生で、来年から大学院に進学することが決まっている。髪を長く伸ばし、顔つきもますます大人っぽくなり、もはや男装して性別を偽っていた頃の面影はほとんどない
……胸以外は。

「ふふ、よく来たねー宙くん」

千尋が伊月に抱かれている宙に話しかけると、宙は「ちーにぇー！　ちーにぇー！」と笑いながら千尋に手を伸ばした。なお、千尋と宙の関係は叔母と甥《おい》なのだが、千尋は頑《かたく》なに「姉さんだよ」と教え込んでいる。

「ほら」

伊月は千尋に宙を抱かせてやり、和子と一緒に家の中に入る。

と、

「にーにー!!　にーにーきたー!!」

大きな歓声を上げて廊下を勢いよく走ってきたのは、伊月と千尋の実妹、羽島栞《しおり》だった。

「おう、にーにーが来たぞー！」

「ウオーッ!!　にーにーっ!!」

そのまま飛びついてくる栞を、伊月はしっかりと受け止め、抱き上げてやる。

「くきゃーっ!!　きゃきーっ!!」

野性的な奇声を上げて大喜びする栞。

現在3歳9か月の彼女は、数日に一度しか家に来ない兄のことが大好きで、伊月が来るたびにこうして全力で甘えてくるのだ。

最近は体重もだいぶ重くなってきて、運動不足の伊月にとっては抱っこしたりお馬さんになってやるのもなかなか骨が折れるのだが、可愛《かわい》い妹の笑顔のためなら仕方ない。

栞をリビングまで運び、満足するまでひとしきり遊んでやると、

「にーにー！」

栞が目をキラキラさせて伊月の服の裾《すそ》を引っ張った。

「んー？」

「おっぱいー！」

「またおっぱいかー。ほんとにしーはおっぱいが好きだなー」

伊月《いつき》の言葉に、栞《しおり》はどこか誇らしげに頷《うなず》く。

「うん！　しーちゃんおっぱいすき!!」

「やれやれ、しょうがないな」

伊月は着ていたセーターをたくしあげ、乳首をさらして妹の眼前に差し出した。

「にょはーっ!!」

栞は大喜びで伊月の乳首に吸い付く。

「アフン……ッ！」

妹に乳首を吸われると、伊月の全身に変な快感が迸《ほとばし》って思わず声が出てしまう。

「ちゅーちゅー♪」

「あふぁあっ！　ふぉぉぉぉンーーーっ」

栞はしばらく幸せそうな顔で伊月の乳首を吸い続け、やがて満足げに口を離す。

「ぷはーっ♪」

「はぁ、はぁ……ま、満足したか……？」

恍惚《こうこつ》の吐息《といき》を漏らしながら問う伊月に、栞は笑顔で頷き、

「うんっ！　やっぱりにーにーのおっぱいがいちばん！　こくのあるのうこうなあじわいながらも、ほのかにのこるみずみずしさがぜつみょうなあくせんとになっている！」

「……そういう言葉どこで覚えてくるんだ？」と伊月は苦笑を浮かべた。

羽島《はしま》栞はおっぱいが好きである。

母乳が好きなのではなく、乳首やその周辺の味や舌触り、噛《か》み応えなどが好きらしく、男だろうが女だろうが赤ん坊だろうが大人だろうが巨乳だろうが貧乳だろうが関係なくおっぱいを吸いたがる。

赤ん坊の頃から、泣いているときでも乳首を吸わせるとぴたりと泣き止んだのだが、母乳を卒業した後もおっぱい好きはいっこうに治まらないどころか、妙なこだわりまで持つようになってきた。

「しーちゃん、おっぱいってそんな違うものなの？」

笑いながら和子《かずこ》が訊《たず》ねると、栞はとても真剣な顔で「ぜんぜんちがう！」と断言した。

「かじゅねーにおしえたげる！」

「うんうん、教えて？」

「いいよー！」

座っている和子の足の間に挟まるようにして座り、栞は和子の胸に後頭部をうずめて腕組みをした。

「おっぱいにはねー、じんせいがつまってるの」

「いきなり名言きましたね」

和子《かずこ》が笑い、伊月《いつき》も苦笑する。

「えっとねー、にーにーのおっぱいはー、こくがあるでしょー?」

「だからなんなんだよ乳首のコクって……」

伊月が小声でツッコむ。

栞《しおり》はまず宙《そら》をあやしていた千尋《ちひろ》を指差し、

「ねーねーのおっぱいはー、かんせいされたすっきりあじ！　つるりとしたのどごしがきもちよい。おかーさんのはー、なつかしいあじ。ちょっとこどももむけなのでしーちゃんにはものたりない。そらくんのはー、なめらか！　いまはまだみちすうながら、かのうせいをかんじるあじ！　おとーさんのはねー……にぎゃい！」

「にぎゃい」と言うとき顔をしかめた栞に、和子は噴き出した。リビングに食器を並べながら聞いていた啓輔《けいすけ》が、少し悲しそうな顔をする。

「そっかー、お義父《とう》さんのは苦いんだー」

「うん。おとーさんのはおとなあじなので、まだしーちゃんにははやいとおもう」

「父親のおっぱいを味わう適齢期っていつなんでしょうね……。それじゃあ私のはー?」

「かじゅねーのはねー、まろやかながらもおくのふかいあじわい！」

「聞きました伊月さん？　私のおっぱいはまろやかながらも奥の深い味わいらしいですよ！」

報告する和子に、伊月は「味とか言われてもなー」と苦笑する。触感や舌触りならよく知っているが、味を意識したことはなかった。

「あとねー、なでこちゃんはー、まだまだみせいじゅくでおくゆきがたりない。どこにでもあるへいぼんなおっぱい。あすりーちゃんのはー、よくじゅくせいされたおいしさ！　とがっているようでいがいとばんにんうけするふところのふかさをもっているとおもう！」

「……さてはなんか料理番組でも見たか？」

伊月は冷や汗を浮かべ、「平凡とか熟成されてるとか本人に言うなよ？」と釘を刺す。

なでこちゃんというのは木曽撫子《きそなでしこ》のことで、家が近いわけでもないのにたまに羽島家《はしま》にやってきて栞の遊び相手をしてくれる。

あすりーちゃんというのは伊月の顧問税理士である八坂《やさか》アシュリー（旧姓・大野《おおの》）で、和子とほぼ同時期に子供を出産したこともあり、羽島家とは家族ぐるみの付き合いとなっていた。

「ふふ、しーちゃんはすごいねー。将来はおっぱい評論家かなー？」

「おい、しーに変なこと吹き込むんじゃない」

伊月が注意するも、栞は興味津々な様子で、

「にーにー。ひょーろんかーってなにー？」

「評論家というのは、誰にも負けないくらいその分野のことに詳しくて、ただ知識があるだけ

ではなく、深く作品を理解するための知性と感性を持ち、一般人のみならず時には作者本人すら気づいていなかったような作品の魅力や新しい視点を発見し大勢の人々に伝え作品の可能性を広げることができるスキルを持つ、優れた研究者であり表現者のことだ。欠点をあげつらうだけで何かを言ったつもりになっている評論家気取りのバカは世の中に腐るほどいるが、本物の評論家は非常に少ない特にラノベ業界にはな！」

　つらつらと早口で答えた伊月《いつき》に、栞《しおり》はしばらくきょとんとした顔を浮かべたのち、「わかった！」と元気に言った。

「え、わかったのか!?」

　驚く伊月に栞は、

「にーにーはねー、つかれてる」

　ボフッと和子《かずこ》と千尋《ちひろ》が同時に噴いた。

「……正解。にーにー最近ちょっと疲れてる」

　伊月が苦笑しながら栞の頭を撫《な》でると、栞は嬉しそうに笑い、

「あとあとー、ひょーろんかってすごいとゆうのがわかった！　しーちゃんおっぱいひょーろんかになる！」

「頑張ってー」と和子が無責任に応援する。

「あれれー？　しーちゃんはプリキュアになるんじゃなかったっけー？」

千尋が笑いながら口を挟んだ。

すると栞は「そーだった！」と目を丸くして、しばらく真剣な顔で考え込み、

「しーちゃんはおっぱいひょーろんかのぷりきゅあになる！」

「斬新なプリキュアだな！」

妹の宣言に伊月はツッコみつつ、「まあ、目指す分には自由だからな……」と苦笑いを浮かべるのだった。

かくして、ひょんなことから一人の少女の人生が大きく変わることになった——……かもしれない。

「兄さん、ちょっといい？」

羽島《はしま》家揃《そろ》っての夕食が終わり、栞《しおり》と宙《そら》が仲良く遊んでいるのを見守りながらくつろいでいた伊月《いつき》に、千尋《ちひろ》が声をかけた。その手には缶チューハイ。千尋はあまり酒が強くないので、成人してからも飲むことはほとんどない。

「ん、どうした？」

「こないだ、GF文庫の授賞式あったよね？」

伊月は顔をしかめ、

「あー……授賞式は行ってない」

「え、なんで？」

意外な言葉に千尋は驚く。

年に一度の授賞式でしか会う機会がない知り合いも多いので、伊月は4年前の小説がまったく書けなくなっていたときですら、式には出席していたのだ。

「原稿がヤバすぎてブランチヒルに監禁されてた……」

思い出したくもないという様子で伊月は答えた。

「そ、そうだったんだ……」

「ああ。……授賞式がどうかしたのか？」

「えーっと……様子を聞きたかったんだけど……」

「様子？」

千尋は少し頬《ほお》を赤らめ、

「晴彦《はるひこ》さんの……」

「春斗《はると》？　あいつなら千尋のほうが会ってるんじゃないか？」

伊月が首を傾《かし》げる。

かつて春斗に彼氏のフリをしてもらったのが縁で、千尋の通う大学の工学部の学生たちが『リヴァイアサン・リヴァイブ』の設定や科学考証に協力するようになった。当時は1年生で戦力外だった千尋も、今や『リヴァリヴァ』サポートチームの中心となっており、ちょくちょく春斗と打ち合わせをしているのだ。

「最近は自分の研究が忙しくて会えてなくて……」

「ふーん」

伊月は少し呆《あき》れたような顔を浮かべ、

「……監禁されてたときにちょっと電話で喋《しゃべ》ったけど、別に変わった様子はなかったぞ。春斗も京《みやこ》も、どっちも相変わらずだ」

「やっぱりそうなんだね……」

伊月《いつき》の言葉に、千尋《ちひろ》は安堵《あんど》ではなく困ったように小さく嘆息した。

そんな千尋の反応を、伊月は訝《いぶか》る。

千尋はかれこれ4年以上、春斗《はると》に対して片想いを続けている。春斗と京《みやこ》の間に特に進展がないというのは、千尋にとっては朗報のはずなのだが。

千尋はしばらく難しい顔で押し黙り、チューハイをぐいっと呷《あお》った。

それから、何かを決意したような目で伊月を見据える。

「ねえ兄さん。ちょっと協力してほしいことがあるんだけど」

「……千尋?」

「協力?　何を?」

「晴彦《はるひこ》さんと京さんの仲を、進展させたい」

「は!?」

伊月は驚きの声を上げ、まじまじと千尋の顔を見る。

「春斗と京を進展させるって……でもお前、春斗のこと……」

「うん。まだ好きだよ」

千尋は切なげな顔できっぱりと言った。

「じゃあどうして……」

「そろそろ……諦《あきら》めたいと思って」

春斗の作品に協力するようになってから、千尋はそれを口実に春斗とＴＲＰＧやボードゲームで遊んだり二人きりで会ったりしている。鍵の掛かった夜の研究室で、裸《はだか》に白衣オンリーで誘惑してみたことすらあるのだが、春斗が千尋になびくことはついになかった。

まったく脈がないことはずっと前からわかっているのに、それでも諦めきれずにアタックを続けてしまうのは、春斗と京が未だに付き合っていないからだ。

「いい加減、トドメを刺してほしいんだよ」

「トドメって……」

物騒な物言いに伊月は苦笑しつつ、

「本当に、春斗と京がくっついてもいいのか？」

「うん。……そりゃあ泣いたり落ち込んだり後悔したりはすると思うけど……それでも、それを乗り越えないと私は前に進めないから」

そう言って、千尋は泣きそうな顔で微笑《ほほえ》んだ。

「そうか。まったく、難儀《なんぎ》な恋愛しちまったな、お前も……」

伊月は慈《いつく》しむような眼差《まなざ》しで千尋を見つめる。

自分の気持ちにケリをつけるために他人の恋愛をどうこうしようなんて、あまり褒《ほ》められたことではないのかもしれない。しかしこのまま千尋《ちひろ》がずっと報《むく》われない片想いを続けるのは兄として辛いし、伊月《いつき》自身が春斗《はると》と京《みやこ》の関係をじれったく思っていたのも事実だ。

「わかった。どうにかして俺たちであいつらをくっつけよう」

「うん。ありがとう、兄さん」

「で、具体的にはどうする？」

「ええと……『セックスしないと出られない部屋』に閉じ込める、とか」

顔を赤らめて言った千尋に、伊月は小さく噴き出した。

「お前も下ネタジョークを言うようになったか……」

「オタク系サークルに4年もいれば、嫌でもそっち方面の知識が増えちゃうんだよ。……でも、方向性としてはそれしかないと思うんだ」

千尋の言葉に伊月は頷《うなず》き、

「まあ、あいつらの仲が全然進展しないのは、そもそも会う機会が少ないってのが大きいだろうからな。力ずくでも二人きりにしてやる方針は間違ってないと思う。……とはいえあいつら、二人ともガチで超忙しいからな……」

「京さんが超忙しいのは主に兄さんのせいなんじゃないの？」

ジト目を向ける千尋の言葉を、伊月は本気で否定する。

「それは断じて違うぞ。いや確かに原因の数％くらいは俺にあるのは認めるが、『主に』というのは言い過ぎだ。京のやつ、俺のほかにも漬物ステーキとか海老《かいろう》ヒカリとか難アリ作家を何人も抱えてるからな。俺は家族を人質に取れば言うことをきくからまだ御しやすいほうだとか、アイツ本人から言われたしな畜生！　うっかりエージェント契約しちゃったせいで京に見捨てられると全部の仕事が破綻《はたん》するから逃げられねえし……」

「京さん……すっかり一人前の編集者になっちゃったんだね……」

「鬼畜編集者の間違いだろう。一人前の編集者は例外なく鬼畜だけどな」

伊月はどんよりした顔で言って、

「まあとにかく、あいつらのスケジュールを気にしてたら一生たまに二人でメシ食うだけの関係で終わるまであるぞ。強引にでもデートさせてやらないと」

「だよね。それじゃあ、どうやって二人きりにしようか」

「あいつら真面目《まじめ》だからな。仕事にかこつけて呼び出すのがいいだろう」

「騙《だま》すのはちょっと気が引けるけど……私の未来のためには仕方ないよね」

「お前もなかなか黒くなってきたな……。騙されたと気づいてすぐに帰られたら意味ないし、なるべく長時間一緒にいさせられる場所がいいな」

「やっぱり『セックスしないと出られない部屋』しか……」

「どうやって用意するんだそんなもん。あと個人的には密室に監禁系はやめといたほうがいい

と思う。実際に閉じ込められてみたらわかるが、あんなクソ環境で愛とか絶対に深まらん。む
しろストレスがマッハで険悪になる可能性すらある」

「なるほどー。それはそれで……」

「腹の中まっくろくろすけか！」

「じょ、冗談だよ……」

軽口をたたき合いながら、羽島《はしま》兄妹は計画を詰めていくのだった――。

北へ。

京《みやこ》がいつものように深夜まで仕事をしていると、伊月《いつき》から電話がかかってきた。

用件を訊《たず》ねると、

『近々、函館に取材に行きたい。一緒に来てくれ』

「えっ、函館？　なんで？」

『舞台に相応《ふさわ》しい場所を決めかねていたのだが、港町をいろいろ調べたところ函館がぴったりだった。夜景がすごいらしいし洋館とかあるし』

伊月と京は現在、先日カンヅメして書き上げた作品と並行して次の作品の企画も考えている。「港町を舞台にした、ちょっとビターな青春群像劇」という漠然とした案はあるものの、舞台設定もキャラクターもストーリーもまったくの未定だ。

「函館かー……賑《にぎ》やかな観光地っていうイメージが強いんだけど、ほんとに話の雰囲気に合うかしら？　もっと寂れた感じの町のほうが合ってない？」

「俺も最初はそう思っていたが、華やかな街だからこそ、ビターな物語とのコントラストが引き立つのだ」

「ふーん……まあ、そう言うなら実際に観に行ってみますか」

編集者が作家の取材に同行するのは珍しいことではなく、京《みやこ》も過去に伊月《いつき》や他の作家と一緒に色んな場所に出かけた。

『よし、じゃあ何日にする？』

「うーんと……。ちなみに泊まり？」

『ああ。夜景が見たいからな』

「まあそうよね」

京はスケジュール帳を取り出し、会議や外での仕事が2日間入ってないところを探して伊月に伝えた。

『わかった。じゃあチケットはこっちで取っておく。あと宿の予約も』

「そう？　じゃあお願いするわ。宛名《あてな》ブランチヒルで領収書もらっといてね」

『おう』

「ん。じゃあお疲れ」

『お疲れ』

通話が切られ、京は再び仕事に戻った。

伊月と二人きりで旅行。

かつての京だったら当日まで眠れないほどドキドキしていただろうが、今はときめきなど微《み》塵《じん》も感じないどころか、忙しいときにまた新しい仕事が入ってしまった億劫《おっくう》さが大半を占める。あとは会社の金で北海道の美味《おい》しいものを食べられる喜び。

そしてその翌日、伊月から京にメッセージが届く。


新幹線の切符買った。12月●日、10時に上野駅の中央改札前に待ち合わせでよろしく。


「新幹線!?」

てっきり飛行機で行くものだと思っていた京は、すぐに伊月に電話をかけた。

「なんでわざわざ新幹線で行くの？」

『函館だけでなく道中の景色も見ておきたい。本当なら車であちこち寄りながら行きたいんだが、さすがに時間がかかりすぎるから新幹線にした』

「新幹線でも4時間くらいかかるんだけど……」

『飛行機だって移動時間自体は1時間ちょいでも、手荷物チェックやらなんやらで結構時間かかるだろ』

「それはそうだけど……」

『ネットも一応繋《つな》がるみたいだし、仕事でもしながら行けばいい。グランクラスだから席も広いしな』

「あんたグランクラス取ったの!?　絶対経理の人に怒られる……ていうか経費で落ちるのか

しら……」

グランクラスとは、新幹線におけるファーストクラスのようなもので、グリーン車よりもさらにグレードが高い車両である。シートが大きくて上質なだけでなく、軽食が付き飲み物（アルコール含む）も飲み放題となっている。飛行機のファーストクラスと比べれば安価だが、値段もそれなりに高い。

ちなみに京《みやこ》が仕事で新幹線に乗るときはいつも普通車で、グリーン車は普通車が満席のとき以外使うなと経理から言われている。

『まあ経費で落ちないぶんは俺が出すから気にするな』

「いいわよちゃんと自分で払うから。ハァ……とりあえず時間と場所了解」

『ああ。当日よろしく頼む』

「ん。よろしく」

通話が終わり、京はスケジュール帳に予定を書き込む。

新幹線とグランクラスに気を取られ、なぜ東北・北海道新幹線の始発駅である東京駅ではなく、その次の上野駅で待ち合わせなのかという疑問を抱くことはなかった。

一方その頃、春斗《はると》のもとにも千尋《ちひろ》からメッセージが届いていた。

内容は、卒業研究のために近々北海道の大学でロボットの研究をしている教授と会うことになったので、春斗も一緒にどうかという誘いだった。先方には既に話は通してあるらしい。

その教授の名前を軽くネットで検索してみると、まさに春斗がちょうど取材したいと思っていた農業用ロボットの研究をしている人だったので、「ぜひ！　仕事詰まってるけど、どうにか調整するよ」と回答する。

すると千尋から、日時と待ち合わせ場所の連絡が来た。

12月●日、東京駅。

新幹線の切符は、千尋のほうで取っておいてくれるらしい。

「飛行機じゃなくて新幹線で行くの？」と春斗が確認すると、

先生のおうちが北海道新幹線の新函館北斗駅の近くなので、空港からそこまで移動する手間を考えると新幹線のほうが楽なんです。


千尋の返事に、春斗は特に疑問を持つこともなく納得した。

そして当日。

春斗が東京駅で待っていると、待ち合わせ時間に少し遅れて千尋がやってきた。

「すいません遅れちゃって……」

「いや、大丈夫だよ。それより、今日は誘ってくれてありがとう」

「こちらこそありがとうございます」

そう言う千尋《ちひろ》の表情は、どこかぎこちない。

「……？　千尋ちゃん、なんか調子悪い？」

「あっ、いえ、晴彦《はるひこ》さんと2人でお泊まり旅行なんて緊張しちゃって……お腹の調子がちょっと……」

「遊びに行くわけじゃないからね!?　あくまでオレは取材、千尋ちゃんも研究のため！　泊まりだけど部屋は別々だし！」

春斗《はると》は強調して言った。

千尋の告白を断ってかれこれ4年、彼女はなおも諦《あきら》めず、隙を見つけてはアプローチを掛けてくるので油断できない。

千尋は「わかってますよ」と苦笑し、「これ、新幹線の切符です」と切符と領収書を渡してきた。

「ありがとう。えーと、代金は――」

春斗が二人分の代金を千尋に渡そうとすると、

「あ、私のぶんは大学が出してくれるので大丈夫です」

千尋は慌《あわ》ててそう言って、春斗の分の切符代のみを受け取った。

「それじゃ、時間もないですし行きましょう」

「そうだね」

春斗が新幹線のホームへと続く自動改札機に切符を通し、千尋もあとに続いた。

切符に書かれた内容と電光掲示板を確認し、自分たちが乗る新幹線のホームに向かう。

発車時刻10分前だが東京駅始発なので既に新幹線は待機しており、一番前の車両の搭乗口付近で乗車できるようになるのを待つ。

雑談しながら待っていると、乗車開始のアナウンスが流れ、入り口の扉が開いた。

と、

「あ、すいません。ちょっと飲み物を買ってくるので先に入っててください」

言うが早いか、千尋が列を離れて自販機のほうへ行ってしまった。

グランクラスって飲み放題じゃなかったっけ……と思いながらも、春斗は一人で車内に入り、座席に座る。

高級感のあるレザーシートで、前の席との間隔も広く、春斗が持ってきた小さめのキャリーバッグなら荷物棚に乗せなくても十分な余裕がある。座席のテーブルもしっかりしていて、ノートパソコンで仕事するのにも支障はなさそうだ。

初めて乗るグランクラスに軽く感動していると、間もなく発車するというアナウンスが流れた。

千尋《ちひろ》がまだ来ていないので心配になった春斗《はると》がスマホを取り出すと、千尋から「新幹線のトイレにいます」というメッセージが届いた。

――お腹の調子悪いって言ってたもんな……。

とりあえず「ごゆっくり」というスタンプを送り、ほどなくして新幹線が走り出す。

タブレットPCで昨日届いた監修物を確認していると、5分ほどで新幹線は上野駅に停車した。千尋はまだ来ない。

新幹線のドアが開き、上野駅からの乗客が車内に入ってくる。

「え、春斗さん？」

横から戸惑ったような声がして春斗が視線を向けると、そこにいたのは京《みやこ》だった。

「京ちゃん!?　なんで!?」

京は自分の持つチケットと春斗の隣《となり》の席の座席番号を見比べ、

「ここがあたしの席なんですけど……」

「え、ここは千尋ちゃんの席じゃ……」

「ちーちゃん？　ちーちゃんと一緒なんですか？」

「あ、うん……千尋ちゃんの紹介で小説の取材のために農業用ロボットの研究してる大学教授に会うために北海道」

誤解されてはいけないと、早口でなるべく詳しく言う春斗。

「あたしも小説の取材のために伊月《いつき》と一緒に函館まで」

「伊月は？」

「乗る前に飲み物買って来るって言って」

「マジで？　千尋ちゃんも乗る直前にそう言って――」

二人が混乱しながら喋《しゃべ》っていると、新幹線のドアが閉まり上野から出発してしまった。

「お客様、なにかございましたか？」

車内アテンダントの女性に声を掛けられ、京は「あ、いえ、大丈夫です」とひとまずシートに座った。

と、そのとき春斗のスマホに千尋からスタンプが送られてきた。シャアがガルマに「すまんな…」と謝っている。謝罪系のスタンプなら他にいくらでもある筈《はず》なのに、あえて「友達のフリをしながら内心では殺害を目論んでいる」というシチュエーションの画像を選んだことに何らかの意図を感じざるを得ない。

ほぼ同時に京のスマホが震《ふる》え、それを見た京が「はあ!?」と声を上げた。

「どうしたの？」

春斗が訊《たず》ねると、京はスマホの画面に表示された伊月からのメッセージを見せてきた。

すまんが急用ができて行けなくなった。俺の代わりに隣《となり》の席にいる奴と一緒に函館の取材してきてくれ。

続いて、「これ今夜のホテル。白川京《しらかわみやこ》の名前で2名予約してある」とホテルのURLが送られてきた。

「なに考えてんのよあいつ……！」

頬《ほお》を引きつらせる京に、春斗《はると》は乾いた笑みを浮かべ、

「どうやら、二人して羽島《はしま》兄妹にハメられたみたいだね……」

「え、でもどうしてちーちゃんまで……」

千尋《ちひろ》がずっと春斗に片想いを続けていることは、京も知っている。

「ついに千尋ちゃんに愛想つかされたってことかな……？」

春斗は曖昧《あいまい》に笑いながらも、千尋の意図をなんとなく察する。

もうこれ以上報《むく》われない恋を続けたくないから、いい加減トドメを刺してくれ……そんなところだろう。

自分はきっぱり振ったのだから道義的に責められる謂《い》われはないが、千尋を長い間苦しめてしまったことに春斗はどうしても罪の意識を覚える。

騙《だま》されたことへの怒りはなく、こんなお膳立てまでしてくれた千尋に対する感謝と決意が春

斗の胸に芽生えていた。

「せっかくだからオレはこのまま函館まで行くけど、京ちゃんはどう——」

どうする？　と訊《たず》ねるのをやめ、

「京ちゃんも一緒に行かない？」

次の大宮駅までおよそ20分。その次は仙台まで停まらないので、予定を取りやめるなら今しかない。

春斗の誘いに、京は深々と嘆息する。

ちょうどアテンダントが軽食を運んできて、「お飲み物は何になさいますか？」と二人に訊《たず》ねた。

京はメニューを見て、

「リンゴ酒《シードル》をお願いします」

アルコールを注文——それは大宮で降りることなくこのまま新幹線の旅を続けるという意思表示だった。

「あ、じゃあこっちもシードルをください」

「かしこまりました」

アテンダントが二人の席を離れていく。

春斗が京の横顔を見つめると、京は視線を通路側に向けたまま顔を赤らめて、

「だって会社のお金で切符買っちゃったし、当日だからホテルのキャンセル料１００％取られるし、こうなったら行くしかないじゃないですか、函館」

「そうだね。臨時休暇だと思って楽しもう」

安堵《あんど》と緊張が綯《な》い交ぜになった声で春斗《はると》は言った。

こうして、初めての二人きりの旅行が始まった。


二人とも昨日も夜遅くまで仕事をしていたため、軽食と酒でほどよく満たされた春斗と京《みやこ》は揃《そろ》って猛烈な睡魔に襲われ、どちらからともなく眠ってしまった。

間もなく青函トンネルに入るという車内アナウンスで同時に目を覚まし、

「あれ……寝ちゃってました」

「オレも……」

京が恥ずかしそうに言って、春斗も照れ笑いを浮かべる。

京は「う～ん」と軽く伸びをしながら、

「あたし飛行機とか新幹線で寝るといつも首が痛くなっちゃうんですけど、今回は全然なってないです。寝心地《ごこち》いいですねこのシート」

「たしかに。でもせっかくのグランクラスで寝て過ごすのは勿体《もったい》ない気はするけど。飲み放題なんだし」

「春斗《はると》さん、売れっ子作家なのに」

　春斗の発言に京《みやこ》が笑った。

「根が庶民なんだろうね。正直、プロデビューする前とあんまり金銭感覚が変わってない気がする。金のかかる趣味もないし」

「お酒は？　いつもいいビール飲んでますよね」

「まあ、たしかに海外のビールはちょっと高いけど。とはいえ所詮ビールだからね……ワインとかウイスキーみたいに天井知らずってわけでもないから。一本何万円もする酒なんて、緊張して味がわかんないと思う」

「あたしもです」

　同意する京に、春斗は緊張を隠し努めて軽い口調で、

「やっぱり将来のことを考えるなら、金銭感覚が合うかどうかって大事だよね」

「そうかもしれませんね。個人的には、自分で稼いだお金なら好きにすればいいとも思いますけど」

　さりげないようでさりげなくないアピールに、京もまた、動揺を隠して努めて素っ気なく答えた。

春斗は少し落胆しつつ、座席に備え付けのボタンでアテンダントを呼び青森県産アップルジュースを頼み、京もハーブティーを注文した。

新幹線が青函トンネルを抜けると、車内の気温が明らかに低くなった。暖房が効いているにもかかわらず、少し肌寒さを感じる。

「気温とか調べてこなかったけど、こんなはっきり違うものなんだね」

「新幹線の中でコレなら、外はどれだけ寒いんですか……」

窓の外の景色を見ながら春斗と京は戦慄《せんりつ》するのだった。


青函トンネルを抜けて２０分ほどで、新幹線はついに終点の新函館北斗駅に到着した。

「あ〜、やっぱり寒い！」

新幹線を降りてすぐ顔面に吹き付けた風の冷たさに、京は思わず声を上げる。

「そういや昔、伊月《いつき》と刹那《せつな》くんが冬に北海道行って死にかけたとか言ってたっけ……」

あの二人が行ったのは２月の札幌で、それと比べれば１２月上旬の函館は全然暖かい方なのだが、それでも相当冷える。

とりあえず二人は駅のホームから建物の中に入り、函館市内へ行くためはこだてライナーに乗り込む。

暖房の効いた車内で出発を待っていると、春斗《はると》のスマホに千尋《ちひろ》からメッセージが届いた。

取材したがっていた農業用ロボットについて、資料をまとめてドロップボックスにアップしておきました。だから安心してのんびりしてきてください。

「……さすが千尋ちゃん」

騙《だま》したあとのアフターケアまで万全な千尋に、春斗は舌を巻くしかなかった。

一方、京《みやこ》のＬＩＮＥにも、伊月《いつき》から函館市内のおすすめの店の情報が次々に届いていた。とりあえず「いいから仕事しろ（怒）」と返したのち、店を確認する。

「お腹減っちゃったので、チェックインする前にどこかで軽く食べませんか？」

「賛成」

グランクラスの軽食は季節の食材を使ったクオリティの高いものだったが、量はそれほどでもないため昼食には物足りなかったのだ。

新函館北斗駅から電車で１５分、函館駅に到着した春斗と京が向かったのは、ラッキーピエロであった。函館を中心に展開するハンバーガーチェーンで、非常に人気があるらしい。

店内に入り、二人とも一番人気だというチャイニーズチキンバーガーを注文。ほどなくして席に運ばれてきたハンバーガーにかぶりつき、二人は揃《そろ》って目を見開いた。

「うま……っ！」

「美味《おい》しい！」

パンズに挟まっていたのは甘辛いタレで味付けされた、皮はパリパリで身はジューシーな鶏肉と、レタス、マヨネーズ。照り焼きチキンやフライドチキンではなく油淋鶏《ユーリンチー》だから「チャイニーズ」なのだろう。マヨネーズの酸味とタレの相性は抜群で、レタスの食感もいいアクセントになっている。

口の中に広がる圧倒的な旨味に、心の中に少しあった「北海道まで来てハンバーガーってどうなの？」という気持ちは一瞬で吹き飛んだ。

味、ボリュームともに申し分なく、しかも値段も安い。

メニューにはチャイニーズチキンバーガー以外にも美味しそうなものがたくさん載っていて、ハンバーガーだけでなくなぜかカレーやオムライスやピザやパスタまであり、ハンバーガー屋という概念が迷子になる。

「……編集部の近くにも出店してくれないかしら」

食べ終わった京が真面目《まじめ》な顔で言った。

ブランチヒルの周辺はランチタイムにやっている美味しい店が少なく、食事がワンパターンになりがちなのだ。

「うちの近所にも欲しいな。まあ、北海道だからこそ可能なクオリティと価格設定なんだろうけどね。東京でこれが実現できたら覇権取れるよ」

春斗《はると》は残念そうに笑った。


ハンバーガーで腹を満たした二人は、歩いてホテルへと向かった。

時刻は16時で、ロビーにはチェックインする人々の列ができている。列に並んで10分ほどで、京《みやこ》たちの順番が来た。

「予約した白川《しらかわ》です」

フロントで京が名乗ると、スタッフが確認し、

「白川京様、でお間違いないでしょうか?」

「はい」

「かしこまりました。白川様、本日2名様お一泊《ひとはく》、朝食付き、ツインのお部屋で承っております」

「「え!?」」

京と春斗が同時に声を上げ、スタッフが怪訝《けげん》そうな顔をする。

「どうかなさいましたか？」

「あ、えーと……ツインの部屋って、２人で一つの部屋ってこと、です……か？」

恐る恐る訊《たず》ねた春斗に、スタッフは「左様でございます」と頷《うなず》いた。

「なに考えてんのよ伊月《いつき》……！」

「いやー、これは千尋《ちひろ》ちゃんの仕業のような気がする……」

春斗は引きつった顔で言う。

こうと決断したときの行動力と、目的のために最短距離を突っ走ろうとする出鱈目《でたらめ》なまでの大胆さは千尋にしかないものだ。つい先日まで自分にアプローチしていた女の子の所業とは思えないが、この思い切りの良さが千尋らしい。

「あの、お客様？」

訝《いぶか》るスタッフに春斗は躊躇《ためら》いがちに、

「あのー、もう一部屋用意してもらうことってできませんかね？」

「申し訳ございません、本日は満室となっておりまして」

「そうですか……」

そこで京が、

「わかりました。じゃあ大丈夫です」

「え……いいの？」

驚く春斗《はると》に京《みやこ》は少し頬《ほお》を赤らめ、

「空いてないんだからしょうがないじゃないですか。覚悟を決めましょう」

「え、あ、はい」

ドキドキしながらチェックインの手続きを終え、二人は部屋へと向かった。

室内にはセミダブルのベッドが二つ。

「み、京ちゃんどっち使う？」

「じゃあ、こっちで……」

緊張した声で訊《たず》ねる春斗に、京もぎこちない表情で適当に片方のベッドを選び、その上に自分の鞄《かばん》を置いた。

「え、えーと、函館山には何時くらいに行こうか？」

「もう日が沈みそうですし、今から出発すればちょうどいい感じじゃないですか？」

「よし、じゃあ今から行こう」

「そうですね、すぐに行きましょう」

財布やスマホなど必要最低限のものだけを持ち、春斗と京は来たばかりの部屋から逃げ出すように出発した。

函館山のロープウェイ乗り場は夜景を見に来た大勢の観光客が行列を作っており、二人がようやくロープウェイに乗って山頂へ着いたときにはすっかり夜になっていた。

山頂も当然ながら大勢の人でごった返しており、しかもかなり暗いので油断するとすぐにはぐれてしまいそうだ。

「京ちゃん、こっち」

さりげなく京の手を引き、春斗は人混みをかいくぐって展望台の端、夜景が見える場所へと移動した。

「は～、綺麗《きれい》ですね」

100万ドルの夜景とも言われる景色を目の当たりにして、京が感嘆の声を漏らす。

街を左右から挟み込むような真っ暗な海と、宝石箱をひっくり返したようにキラキラと光り輝《かがや》く街明かりのコントラストは、函館ならではのものだ。夜景をより美しくするために、街灯の色を温かみのあるオレンジ色にしたり、洋館や教会をライトアップしたりといった工夫も施されているらしい。

こんな綺麗な夜景を好きな人と二人で眺められるなんて最高にロマンチックだなと春斗は思い込もうとしたが、それはなかなか困難だった。

——なにせとにかく人が多く、日本語、中国語、英語など様々な言語があちこちで飛び交い、自分も大きめの声で喋《しゃべ》らないとまともに会話ができない。自撮りや撮影をしている人も大勢いて、場所を譲り合わないといけないので一箇所に落ち着いて夜景を眺めることも難しい。

ロマンチックな雰囲気のなか、あわよくばキスくらいは……などと考えていたりもしたのだが、とてもそういう空気にはなりそうにない。まあ、周りの喧騒《けんそう》など意に介さず二人だけの世界に浸っているカップルもちらほら見かけるのだが、そもそもまだ付き合ってもいない春斗《はると》と京《みやこ》には到底無理だ。

色んな方角から一通り写真を撮ったあと、春斗と京は早々に展望台から引き上げた。

函館山を下りたあと、伊月《いつき》が京にＬＩＮＥで送ってきた店のリストの中から良さそうな店を選んで、タクシーでそこへ向かった。

リストの中にはデート向きのお洒落《しゃれ》なレストランなどもあったのだが、二人が選んだのは海鮮が美味《おい》しそうな居酒屋だった。

賑《にぎ》わう店内のカウンター席に座り、とりあえず日本酒と刺し盛り、函館名物のイカそうめんなどを注文する。

ほどなくお通しのイカの塩辛と日本酒が運ばれてきたので、二人はとりあえず乾杯した。

「それじゃ、お疲れ様」

「お疲れ様です」

それから他の料理も続々出てきて、鮮度抜群の海鮮に舌鼓《したつづみ》を打ちつつ、少し早いペースで日本酒を飲みながら、近況や仕事の苦労話、最近の業界論などを語り合う。

腹もほどよく満たされ、少し酔いもまわって話も弾む。

春斗と京の二人のデートは、大体いつもこんな感じだ。

3年前、いつか京が自分のことをちゃんと認められる日が来て、そのときまだ春斗が彼女のことを好きだったら付き合おうと約束したあのときから、何も変わらない。

——千尋《ちひろ》ちゃんにお膳立てまでしてもらって、なにやってるんだオレは。

春斗の瞳《ひとみ》に決意の色が宿る。

「なんか、せっかく北海道まで来たってのに、いつもの飲みと変わらないね」

「……そうですね」

春斗の声に秘められた熱に、京は気づいた。

「京ちゃん、あのさ——」

「ちゃんと覚えてますよ、約束」

京が春斗の言葉を遮《さえぎ》って言った。

「え?」

「その……いつかあたしが自分のことを認められるときが来て、まだ春斗《はると》さんがあたしのことを好きでいてくれたら、付き合いましょうっていう約束です」

「あ、うん、今まさにその話をしようと……」

機先を制され、春斗は少し戸惑いながらも、

「まだ自分のことが認められない？　オレから見たら京《みやこ》ちゃん、すっかり一人前の編集者になったと思うんだけど。ヒット作もいっぱい立ち上げてめちゃくちゃ結果出してるし、伊月《いつき》とかめんどくさい作家を何人も束ねてるし。正直、編集になって4年足らずでここまで活躍してる人が一人前じゃないなら、ラノベ業界どんだけヤバいんだっていうレベルだと思うよ」

決してお世辞ではない春斗の言葉に、京は小さく苦笑し、

「あたしも正直、我ながら業界の中でもけっこう頑張ってるほうだと思います」

「だったら――」

春斗の言葉を再び遮《さえぎ》り、

「ごめんなさい。もうちょっとだけ待ってもらっていいですか？」

「もうちょっと？」

「具体的にはあと一冊だけ挑戦させてください」

「あと一冊？」

いきなりはっきりした期限を切られ、春斗は喜ぶよりも戸惑ってしまう。

　そんな春斗に、京は真剣な顔で、

「次に作る伊月の新作を、あたしは『主人公になりたい』を超えるものにしたいんです。結果的に超えても超えられなくても、その本が出版されたら付き合いましょう」

　自分のすべてをそこにぶつけると言わんばかりの京の覚悟に、春斗は気圧《けお》されつつ、

「『主人公になりたい』を超える、か……。たしかにアレのあとに出た伊月の本、どれも安定してクオリティ高いんだけど、アレには一歩届いてない感じなんだよな……。世間での評価も未だに『主人公になりたい』が最高傑作《けっさく》みたいな扱いだし」

　京は頷《うなず》き、

「そのとおりです。来月に出る新刊も正直言って最高傑作には届いてないですね」

「じゃあ、具体的にどうやって超えるつもりなの？　実際に小説を書くのは伊月なわけでしょ。あいつ今、ちょっとスランプっぽいし……」

「あたしに出来るのは、伊月を信じて編集者として最高の仕事をするだけです。それに、『主人公になりたい』を超えるために伊月に足りないものは、なんとなくわかってますし」

「マジで!?　じゃあそれを伊月に教えてやれば——」

　驚愕《きょうがく》する春斗に、京は小さく首を振り、

「でもそれは、伊月が自分自身で気づかないとダメだと思うんです。伊月が自分の心にちゃんと向き合えばすぐにわかると思うんですけどね……」

寂しげな笑みを浮かべる京《みやこ》の横顔を、春斗《はると》は呆然《ぼうぜん》と見つめて思う。
彼女はもう、自分の在り方をしっかりと見つけた、一人前の編集者だ。技術と分析に重きを置く春斗のような作家とは、あまり相性が良くなさそうなのは残念だが。

（妹）

ホテルに戻ったあと色っぽい展開になることもなく、二人はそれぞれホテルの大浴場で温まったあと、部屋で深夜2時くらいまでメールチェックやら監修作業などをしてから眠りについた。
翌朝、イクラや刺身が食べ放題というとんでもない朝食バイキングをお腹パンパンになるまで食べ、ホテルをチェックアウトしたあとベイエリアや元町エリアを観光し、遅めのランチで海鮮丼を食べたあと新幹線で東京に戻ってきた。
東京駅で京と別れ、家に帰る電車の中で、春斗は千尋《ちひろ》と伊月《いつき》にＬＩＮＥで函館から帰ってきたことを知らせた。さらに函館で食べた料理の写真や、夜景や洋館や港の写真を連続で送って自慢する。

そんなことより京さんと進展はあったんですか？

千尋がしびれを切らしてストレートに訊《き》いてきた。

苦笑を浮かべて「あったよ」とメッセージを送ると、伊月はアニメキャラが「ほうほう」と興味深そうにしているスタンプ、千尋は何も返してこなかった。自分が仕向けたこととはいえ実際に進展すると複雑という千尋の心境が伝わってくる。

伊月と『主人公になりたい』を超える作品を創れたら付き合ってくれるって。

本当は超えても超えなくても付き合うことになったのだが、発破をかける意図と純粋な嫌がらせを兼ねて事実と違うことを伝えた。

は!?　なんで!?

伊月の戸惑いのコメントに、「だからさっさと最高傑作《けっさく》を書け」と返すと、「何が何だかわからない」というスタンプが送られてきた。

続いて千尋から、「兄さん。急いで最高傑作書いて」というメッセージのあと、ゴルゴ１３がライフルを構えているスタンプ。伊月はそれに、「どうしてこうなった」というスタンプを返した。

――とにかく頑張れよ伊月《いつき》。オレや京《みやこ》ちゃん、千尋《ちひろ》ちゃんの未来がお前にかかってるのは間違いないんだ。

焦《あせ》っている伊月の顔を思い浮かべながら、春斗《はると》は伊月の健闘を祈るのだった。

春斗と京が函館旅行から帰ってきた日の夜。

羽島《はしま》千尋は、伊月の家で酔っ払って伊月相手にくだを巻いていた。和子《かずこ》は宙《そら》を寝かせるために寝室にいる。

「ったくも～！　ほっかいどーまで行ってにゃにやってんのも～！　さっさとくっつけよこんにゃろ～！　こんにゃの生殺しじゃんかも～！」

「はいはい、そうだな」

ビールを一口飲んでは延々同じことを繰り返している千尋にうんざりしながら、伊月は雑な相づちをうつ。

千尋が飲んでいるのはリンデマンス・ペシェリーゼという桃の果汁を使ったフルーツビールで、アルコール度数は２・５％と低い。酒が強くない千尋のために用意しているビールなのだが、ジュース感覚で何本も飲んでいるうちにこんなことになってしまった。

「わりゃしがどんだけの覚悟で計画を立てたのか、わかってんのかこりゃ～！　晴彦《はるひこ》さんのへたれ～！　うんこ～！　ちんちん生えてんにょかこりゃ～！」

「はいはい、春斗はヘタレインポ野郎だな」

するとと千尋は目をクワッと見開き、

「晴彦さんを悪くゆうにゃ～！」

「どっちやねん……」

小声で唸《うな》る伊月に、千尋はうっとりした顔で、

「いっしょのホテルに泊まってもがまんしちゃう鋼《はがね》の自制心しゅごい！　だれにでもできることじゃにゃいよ……。あ～、しゅき～」

「はいはい……」

妹と一緒に酒を飲むなんて、昔の伊月なら垂涎《すいぜん》モノのシチュエーションなのだが、実現したらひたすらにめんどくさかった。

「らいたい～、みゃーこさんがめんどくさすぎりゅんらよ～！　おたがいしゅき同士なのにいつまで経ってもちゅきあわないにゃんて～、いみわかんにゃいよ～！　ラブコメの引き延ばし展開かばかやろ～！」

ドン、とテーブルを叩《たた》く千尋に、伊月は苦笑を浮かべつつ、

「まあ、京《みやこ》がめんどくさいのは同意だ」

「れしょ〜?」

「とはいえ、そういうのがあいつのいいところでもあるからな……」

どこまでも自分の心と誠実に向き合おうとする真面目《まじめ》さは、京の美点だ。合理性を重んじ、決断と行動が速い千尋《ちひろ》とは好対照である。

「ああ〜!? にーしゃんはどっちのみかたにゃの!?」

「ち、千尋の味方に決まってるだろ?」

「よろし〜!」

千尋は満足げに頷《うなず》いたあと、急に据わった目で伊月《いつき》を見た。

「じゃあさいこーけっさく書いて。はやく。いますぐ」

「いや、書こうと思って最高傑作《けっさく》が書けたら苦労しねえよ」

苦笑する伊月に、千尋はだだをこねる子供のように頰《ほお》を膨《ふく》らませ、

「でも書くの〜! そうじゃないと晴彦《はるひこ》さん一生どーてーのままだよ〜!」

「あーはいはい、前向きに努力しますって」

春斗《はると》が一生童貞かどうかは本気でどうでもいいのだが、いい加減、『主人公になりたい』を超える作品を生み出したい気持ちはある。

とはいえ、そのために何が必要なのかがわからない。

この3年で何冊も小説を書いてきて、技術は間違いなくあの頃よりも上がっているはずなのだが。

「がんばってよ～……に－しゃんは～、やればできる子にゃんらかりゃ……」

胡乱《うろん》な顔でそう言うと、千尋はついに酔い潰《つぶ》れて意識を失った。

「やれやれ……世話の焼ける妹だな」

伊月は嘆息し、父親にＬＩＮＥで「千尋寝ちゃったから今日うちに泊める」と連絡するのだった。

Q&Aコーナー

質問
既婚者の皆さんに質問です。新婚旅行はどこへ行きましたか？

前の妻とはイタリアだ。

前の夫とは行ってないわ。啓輔さんとは……結婚して初めて２人で行ったのは熱海だったわね。

俺と和子は台湾だ。

旅行ついでに合同サイン会を開いてもらって、現地のファンの人たちに祝福されて楽しかったですね。

うちはアメリカの
ペンシルバニア州だったな……。

あんまり新婚旅行の行き先では聞かないですね。なんであえてそこに？

ゾンビ映画の聖地があるのよ。

な、なるほど……。

吸血鬼爆誕

この世界にまだ魔法が存在した時代、この世界を支配していたのは人間ではなく吸血鬼であった・・・・・。

吸血鬼はすごい寿命が長くて、すごい魔法などをたくさん使うことができて、剣などで斬られても死なないのであった。

しかしあるとき、吸血鬼の王が人間の女と恋に落ちた。二人の間には子供が生まれたが、その子供は吸血鬼からも人間からもいじめられてしまった・・・・・。

しかしあるとき、その子供は山に芝刈りにいったときに崖から落ちてしまったところを一人の謎《なぞ》の男に助けられ、一緒に暮らすようになった・・・・・。

その謎の男の正体は、かつて吸血鬼の王をあと一歩のところまで追い詰めた最強のヴァンパイアハンターだったので、男は子供に自分の技を修行した。

その子供はやがてすくすくと成長し、すごい魔法なども使えるようになった。

そんなあるとき、１７歳になった子供の住んでいた村がモンスターの大群に襲われたのであった・・・・・。

その子供の名前はシエル・ゴッドカイザー・フォン・ヘルシング。

漆黒《しっこく》の衣を纏《まと》いし銀髪紅眼の美少年で、聖なる力と闇の力を両方とも使うことができる最強のヴァンパイアハンターである。

(中略)

こうしてシエルの最初の戦いは終わった。

しかしこれは大いなる伝説の序章に過ぎなかったのである・・・・・・。

「ククク……今日はここまでにしておこう……」

そう言って、彼女は朗読していた自作小説『聖牙《せいが》ノ魔炎遣い《イヴィルマスター》 ～the first episode 黎明《れいめい》編～』の紙束をテーブルの上に置いた。

「ウオー！　おもしろーい！　てんさいすぎるー！」

「ククク……もっと我を讃えるがよい……」

聴《き》き手の反応に、彼女は満足そうに笑った。

12月中旬のある日。

羽島《はしま》家の実家にて、栞《しおり》に小説を読み聞かせていた少女の名は木曽撫子《きそなでしこ》、14歳。

服装はゴスロリ、右目には赤のカラーコンタクト。

小学生の頃からちょくちょく出版社や伊月《いつき》の家に出入りし、プロの作家や編集者たちに甘やかされ、漫画やライトノベル、アニメなどがいくらでも楽しみ放題という環境で育った撫子は、中学に上がった頃から少しダークな雰囲気の作品を好むようになり、２年生になる頃には典型的な厨二病を患《わずら》ってしまった。

自らを《†吸血鬼の末裔《まつえい》†》と称するようになり、†ディアンサス・《根源《オリジン》》・フォン・ドラキュリア†という真名《しんめい》を自分で付けた。

撫子の祖母（木曽義弘《よしひろ》の妻）は吸血鬼ドラキュラのモデルとなったヴラド・ツェペシュの故郷でもあるルーマニアの人なので、そこに何らかの運命を感じてしまったらしい。

「しーちゃん、なでこちゃんのおはなしすきー！」

「なでこちゃんではなく、†ディアンサス・《根源《オリジン》》・フォン・ドラキュリア†であると言っておろう……。プリキュアと我のお話どっちが好き？」

「ぷりきゅあ！」と栞は即答した。

「むー。じゃあアイカツとどっちが好き？」

「あいかちゅ！」

またも即答され、撫子は少しむくれたものの、

「ククク……まあ、我の物語は貴様には少し早いかもしれぬな……それにプリキュアとアイカツに次いで3位なら悪くない……実質的にはほぼ覇権のようなもの……」

無理矢理なロジックで自分を納得させる撫子だった。

撫子《なでしこ》がちょくちょく羽島《はしま》家に遊びに来て、栞《しおり》に自分の書いた小説を読み聞かせるようになったのは、半年ほど前からである。

撫子は１０歳の頃から小説を書くようになったのだが、祖父の木曽義弘《きそよしひろ》やＧＦ文庫の神戸《ごうど》聖《さとし》や土岐健次郎《ときけんじろう》たちに小説を読ませるとこぞって褒《ほ》めてくれたことで調子に乗り、自分もプロの作家になろうと思うようになった。

そして中学1年のとき初の長編小説を書き上げ、満を持して新人賞に応募したのだが、あえなく一次選考で落選。

これは何かの間違いだと信じて疑わなかった撫子は、直接ＧＦ文庫の土岐と神戸にその小説を読んでもらうことにした。

「撫子ちゃんは、本気でプロの作家になりたいのかな？」

撫子の小説に目を通し、土岐はそう確認してきた。

「ククク……その通りだ……」

撫子が頷《うなず》くと、土岐と神戸は顔を見合わせたあと、再び撫子のほうを見て、

「わかりました。では——プロの編集者としてお返事します」

「……ッ！」

いつも自分をちやほやしてくれる面白いおじさんたちが急に見せた真剣な表情に、撫子はたじろいだ。

そんな二人から返ってきた小説の評価はとても厳しいもので、文章、ストーリー、キャラクター、すべてが到底プロのレベルには達しておらず、一次選考落ちは妥当な結果とのこと。

さらには、

「個人的な知り合いということで今回は特別に読みましたが、本気でプロを目指すのであれば、次からは新人賞に応募してください」

土岐に淡々と告げられ、撫子は意気消沈して編集部をあとにした。

しかし家に帰るとすぐに立ち直り、「プロの編集者とはいえあの二人はもう感性の枯れ果てたオッサン。この小説の価値をわかってくれる人は他にいくらでもいるはず」と、ネットの投稿サイトに小説をアップしたのだった。

だが、閲覧数はほとんど伸びず、たまにつくコメントも「全然面白くない」「キャラに魅力を感じない」「独《ひと》りよがりの読みにくい文章」といった否定的なものばかりで、今度こそ撫子の心は折れてしまった。インターネットは怖い。あいつらは画面越しにいるのが生きた人間だということがわかってないのだ。

それ以来小説を書くことをやめ、鬱々《うつうつ》とした日々を送っていたのだが、あるとき、羽島伊月《いつき》から家に遊びに来ないかと誘われた。どうやら、撫子が落ち込んでいるので気晴らしに遊んでやってほしいと祖父に頼まれたらしい。

そうして訪れた伊月《いつき》の家で出逢ったのが、たまたま遊びに来ていた伊月の実の妹、栞《しおり》だった。伊月が自分にあまりかまってくれなくなった原因である栞に対して、最初はあまりいい感情を持っていなかった撫子《なでしこ》だったが、すぐに自分に懐いてくれたので仲良くなった。

絵本を読んでほしいとせがむ栞に、撫子は戯《たわむ》れに、投稿サイトにアップしたままだった自分の小説を読んで聞かせた。

すると栞は、とても楽しそうに撫子の物語を聞いてくれた。

当時の栞はまだ3歳になったばかりで、恐らく内容を理解して楽しんでいるのではなく、撫子の大仰な身振り手振りや語り口を面白がっていただけなのだが、それでも「自分の小説を喜んでくれた人がいた」という事実は、撫子にとっては大きな救いだった。

それ以来、撫子は新作を書くたびに真っ先に栞に読み聞かせて褒《ほ》めてもらいに来るようになったというわけである。

「なでこちゃん、おっぱいー！」

読み聞かせタイムを終え、一緒に千尋《ちひろ》が作ったおやつを食べたあと、栞はキラキラした目で撫子に食後の乳首をねだってきた。

「だから†ディアンサス・《根源《オリジン》》・フォン・ドラキュリア†だというのに……」

「なでこちゃんはいだいなるさっか！　すごいてんさい！　にーにーよりすごい！」

「ククク……しょうがないなー」

撫子は機嫌良く笑い、おもむろに服を脱《ぬ》いでぷるるんとおっぱいをさらけだした。精神と違って身体《からだ》のほうは中学2年生にしては成熟しており、背が高くて胸も大きく、最近ドレスが窮屈《きゅうくつ》になってきたのが悩みの種だ。

「わほー♪　ぺろぺろー♪」

「ククク……まるで躾《しつけ》のなっていない駄犬のようだな……ン……アッ……ちょっ、やっ、激しすぎぃ……♥」

栞に乳首をしゃぶられ、撫子は懸命に喘《あえ》ぎを堪《こら》えるのだった。

自分が栞に「褒めたら簡単におっぱい出してくれるチョロいお姉さん」と認識されていることに、撫子は気づいていない。

この分だと、彼女がプロの作家になれるのはまだまだ先のことだろう。

仁義なき業界

１２月下旬のある日。

新宿の居酒屋にて、ブランチヒル文庫編集部の忘年会が開かれた。

副編集長の三田洞彩音《みたほらあやね》が乾杯の音頭を取る。

「皆さん今年もお疲れ様でした！　まあ明日も普通に仕事はあるんですけど、どうにか最大の修羅場は抜けたということでとりあえず今日はパーッとやりましょう！　ちなみにこのお店、中華料理が名物でフカヒレや北京ダックもありまーす！　予算オーバーした分は社長が自腹で払ってくれるから金のことはでぇじょうぶだしんぺぇすんな！」

「そんなことは一言も言ってないのですが」

ブランチヒル社長の城ヶ峰信長《しろがみねのぶなが》が半眼でツッコむも、彩音はそれを笑い飛ばす。

「あっはっは、なんのために社長を呼んだと思ってるんですか！」

「一応私、編集長でもあるんですが……。フカヒレと北京ダックを奢《おご》らせるために社長を呼び出す社員は君だけですよ……」

城ヶ峰は苦笑を浮かべて肩をすくめた。

「ハイ、社長の言質《げんち》も取ったところでカンパーイ!!」

「「「かんぱーい！」」」

編集者たちが、それぞれ近くにいる同僚とグラスを合わせる。

京《みやこ》も何人かとグラスを合わせ、エクストラコールドをグイッと呷《あお》った。

普段春斗《はると》や伊月《いつき》たちと飲んでいる濃い目のエールビールも美味《おい》しいが、喉越し重視のラガービールも美味しい。特に焼き鳥や唐揚げなど油っぽいものにはこちらのほうが合う。

ブランチヒル文庫編集部は彩音《あやね》と京を含めて６人。その上に、いざというとき責任を取る者として社長の城ヶ峰信長《しろがみねのぶなが》が編集長の立場にいるが、レーベルの運営にはほとんどタッチしていない。

ブランチヒル文庫は編集者個人の裁量が大きく、普段はそれぞれが自分の好きなように仕事しており編集部全体の連帯感は薄いのだが、それでも同じレーベルで３年間も一緒に働いていれば仲間意識や友情も芽生える。特に年末進行という共通の修羅場をくぐり抜けた今日は、編集者同士大いに盛り上がっていた。

「今年も大活躍でしたね、白川《しらかわ》さん」

城ヶ峰にそう言われ、「いえ、あたしなんてまだまだです……」と京が謙遜《けんそん》すると、

「いやいや、君はもう立派なうちのエースですよ。なにせ他の出版社から『ブランチヒルの女海賊』として恐れられているくらいですから」

「や、やめてくださいよそれ！　ほんとに気まずいんですから！」

からかう城ヶ峰に、京は顔を赤くして抗議した。

京が現在担当している作家は、全員が他社からデビューした経験のあるプロ作家である。

特に多いのがGF文庫の作家で、まずはGF文庫と揉《も》めてネット小説家になった漬物ステーキこと和泉颯太《いずみそうた》。

2人目は、ブランチヒルで出すのは1冊だけという話だったのに、結局そのままメインの活動レーベルをブランチヒルに移した羽島《はしま》伊月。

続いて、『妹たちが並行世界からやってきました』で第16回GF文庫新人賞の優秀賞を受賞した中島鮨太《なかしますした》が、憧れの作家である羽島伊月を追いかけて、3年縛りを無視してブランチヒルに移籍。

さらには、『心臓をさがせ』で中島と同じ第16回GF文庫新人賞の大賞を受賞した海老《かいろう》ヒカリという若い女性作家が、担当と反りが合わず同期の中島の紹介で京に相談を持ちかけ、そのまま京に懐いてブランチヒルに来てしまった。

断じて京が自分から引き抜こうとしたわけではないのだが、GFの受賞作家を4人も——

特に「可児那由多《かになゆた》に匹敵するほどの逸材」とまで賞された海老ヒカリを、結果的に3年縛りの不文律を破って奪い取ってしまったことは大問題となり、GFの神戸《ごうど》編集長がブランチヒルに直接抗議に来るほどだった。

また、京の担当ではなくGF新人賞の出身でもないが、近年主にGFで活動していた北方備《きたがたよう》兵《へい》という中堅作家が、アニメ化候補にもなったヒット作『SILLIES《シリーズ》』など過去にGFから出版した全作品の版権を引き上げてブランチヒルに移譲するという事件も発生した。京《みやこ》はバイト時代に北方《きたがた》と面識があり、彼に頼まれて他の編集者を紹介しただけなのだが、これまた世間では京の主導ということになっている。

ちなみに、版権引き上げというのは出版社・作家双方にとってかなりの大事であり、手続きにも手間がかかる。それでも北方がそれを決行したのは、作品の在庫が尽きているにもかかわらず営業部が新たな在庫を抱えることを嫌い、「今は電子書籍があるから」という理由で重版をしなかったからである。

個人で電子書籍を売ることも容易になったこの時代、「作家の代わりに、売れなかった本の在庫を抱えるリスクを背負ってくれる」ということが、あえて出版社と契約して本を出す最大の理由であると言っても過言ではなく、それを放棄した出版社が作家から見切りをつけられる事例は今後も頻発することだろう。

在庫をなるべく抱えたくない営業部と、作品を可能な限り売り伸ばしていきたい編集部との確執はブランチヒルを含めどこの出版社でも無縁ではなく、京たち編集者が営業部に直談判しに行くことももままある。

閑話休題《かんわきゅうだい》。

それからも作家の間で「頼ってくる作家を決して見捨てない」ということで評判になった京

のもとには、他社で上手《うま》くいっていない作家が次々とやってくるようになり、逆に他社の編集部の間では「他社の作家を容赦なく奪い取る、ブランチヒルの女海賊」と恐れられるようになった。

また、京の上司の三田洞彩音《みたほらあやね》も、作家の引き抜きこそしないものの、他社との間で競合していたネット小説家や、コミカライズのための優秀なマンガ家、良いアニメ制作会社などを片っ端から掻《か》っ攫《さら》っていくため、「人たらしの天才、ブランチヒルの羽柴秀吉」との異名で恐れられていた。

そんな二人を擁《よう》するブランチヒル文庫の編集長、城ヶ峰信長《しろがみねのぶなが》のことは、「出版業界のジャック・ラカム（※有名な女海賊、アン・ボニーとメアリー・リードを従えていたカリブの海賊）」という悪口で呼ぶ者もいる。

「他社の編集さんと名刺交換するとき、露骨に『あっ！　あの悪名高い！』って顔をされるんですよ……どうにかしてほしいです……」

「ライバル会社に恐れられるのは、むしろ誇るべきことでしょう」

そう言う城ヶ峰に、京は顔を曇らせ、

「あんまり名前だけ売れちゃうのも問題あると思いますよ。あたしを頼って来てくれたのに、結局上手くいかなかった人もいますし……」

ＧＦからの移籍組を軒並みヒットさせたことで業界内での京の評価はかなり高いのだが、上手くいかなかったことも当然ある。

信頼関係を重視し、納得できるまで作品や作家と向き合う京《みやこ》のスタンスは、作家から「何を求めているのかが曖昧《あいまい》でわかりにくい」「どう直したらいいかもっと具体的に言ってほしい」「編集者と作家は必要以上に馴《な》れ合うべきではなく、もっとビジネスライクに付き合いたい」といった不満が上がることも多い。

また、他社で揉《も》めて京を頼って来た作家の中には、「揉めたのは作家の方に問題があったのでは？」というケースも多いのだが、京がそれを正直に指摘しても受け容《い》れてもらえないことがほとんどだ。彩音《あやね》や他のベテラン編集者は、相手の問題点をなあなあで流しつつ上手《うま》く手綱を取ることができるのだが、京にその技術はない。

白川《しらかわ》京は、どういうわけか羽島伊月《はしまいつき》や海老《かいろう》ヒカリといったクセの強い天才と歯車が嚙《か》み合うことが多いだけで、決してどんな作家とも上手くやれるタイプの編集者ではないのだ。

「作家と編集だって、結局は人と人ですからね。ある作家が蛇蝎《だかつ》のごとく嫌っている編集者を、別の作家が母親のように慕《した》っているという例はいくらでもあります。これぱかりは、実際に一緒に仕事をしてみないとわからないものですよ」

「そうなんですよねー」

「だからこれからもどんどん他社の作家を引き抜いちゃってください。いっそ可児那由多《かになゆた》先生にうちで書いてもらうのはどうですか？　お知り合いなんでしょう？」

冗談かわからない口調で物騒なことを言う城《しろ》ヶ峰《がみね》に、京は顔を引きつらせる。

このうえ彼女まで引き抜いてしまったら、二度とGF文庫編集部に顔向けできない。

と、

「なにやら、聞き捨てならない話をしているようですな」

ドスの利いた声に振り返ると、そこに立っていたのは強面《こわもて》のヤクザ……ではなくGF文庫編集長の神戸聖《ごうどさとし》だった。その後ろには土岐健次郎《ときけんじろう》や山県《やまがた》きららなど、京もよく知っているGF文庫編集部の面々の姿があった。

「え、神戸さん！　どうしたんですか？」

「忘年会だ」

訊《たず》ねる京に神戸は短く答え、城ヶ峰を睨《にら》んだ。

「まさか出版業界のジャック・ラカムさんと鉢合わせするとは思わなかったがね」

城ヶ峰は神戸の一般人ならチビってしまうような視線を微笑《ほほえ》んで受け流し、

「どうせなら出版業界の織田信長《のぶなが》と呼んでほしいのですが。名前が信長ですし」

「フン、誰が日本を代表する偉人の名前で呼ぶものか。女の陰に隠れて逃げ回った挙げ句縛り首になった薄汚い海賊の名がお似合いでしょう」

神戸《ごうど》の言葉に城ヶ峰《しろがみね》は口元を引きつらせ、

「おやおや、編集長ともあろうお方が随分と口が悪いようで……。もっと向いている職業があるのでは？　たとえばヤの付く自営業とか」

「海賊よりは、仁義を通すだけヤの付く自営業の方がマシですな」

見た目が武闘派ヤクザの神戸と、見た目がインテリヤクザの城ヶ峰が、バチバチと火花を散らして睨《にら》み合い、彼らの部下であるＧＦ文庫とブランチヒル文庫の面々の間にも緊迫した空気が流れる。

神戸聖《さとし》にとって、城ヶ峰信長《のぶなが》は不倶戴天《ふぐたいてん》の敵である。

一人前の編集者になれるよう手塩にかけて育てた京《みやこ》の現在の活躍を嬉しく思う一方で、彼女がＧＦに甚大なダメージを与えたのも事実であり、そのヘイトがすべて城ヶ峰へと向かっていた。土岐健次郎《ときけんじろう》ら、他のＧＦ編集部員の気持ちも概ね神戸と同じで、ブランチヒル文庫に対する敵対感情は強い。

今にも血みどろの抗争が始まるのではないかというような一触即発《いっしょくそくはつ》の空気の中、

「んも～！　せっかくの忘年会なんですから楽しくやりましょうよ～！　店員さんも困ってるじゃないですか。あっ、麻婆豆腐とハイボールお願いしまーす！」

彩音《あやね》が明るい声で窘《たしな》めつつマイペースに注文した。

「……たしかに、そちらのお嬢さんの言う通りですな」

神戸が毒気を抜かれた顔で言って、緊張した空気が緩和する。

京が内心ホッとしていると、

「あっ、そうだ〜、せっかくだしGF文庫の皆さんも一緒に飲みませんか？」

一見天然なようで絶対にそうではない彩音の発言に、空気は再び凍り付いた。

彩音の提案は当然却下されるかと思いきや、

「私は全然かまいませんよ。もちろん、そちらが宜《よろ》しければですが」

城ヶ峰がどこか挑発的に言うと、

「せっかくの申し出をお断りする理由はありませんな」

神戸は額《ひたい》に青筋を浮かべながら笑顔で答え、かくして地獄のようなブランチヒル・GF文庫合同の忘年会が幕を開けた。

両編集部員たちは戸惑いながらも、とりあえず近くの席の他社編集者と名刺交換を始める。

そそくさと隅の方へ逃げようとした京だったが、

「久しぶりに京くんともじっくり話したいな」

「わかっていますとも。白川《しらかわ》さんはもちろんこの席ですよ」

神戸《ごうど》と城ヶ峰《しろがみね》に強制的に同じテーブルに着かされてしまった。神戸の隣《となり》には土岐《とき》が座っており、同情的な視線を京《みやこ》に向けた。

この状況を作り出した張本人である彩音《あやね》は、京たちから離れたテーブルでGFの山県《やまがた》たちとさっそく談笑している。

神戸と土岐のぶんのビールが運ばれてきたのでとりあえず乾杯し、

「ええと、なんていうか……いろいろ不義理を働いてしまってすいません……」

京はひとまず神戸に謝った。

すると城ヶ峰が、

「謝る必要はありませんよ。君は何も悪いことなどしていないのですから。GFの作家さんたちがうちに来たのは、すべて本人の意思によるものです」

「……だとしても、守るべき義理というものがあるのではないですか」

ドスのきいた声で神戸が言った。すると城ヶ峰は肩をすくめ、

「3年縛りの不文律のことですか？　明文化されているわけでもない因習を持ち出して文句を言われても困りますよ。リスクを負ってでも出て行きたいと作家に思われてしまったそちらにこそ非があるのでは？」

「たしかに、作家との間に信頼関係が築けなかったこちらにも責任はある。だからといって、気軽に新人が他社に行ってしまうようになったらわざわざコストを掛けて新人賞を開催する意

味がなくなる」

「新人賞なんて、ネット小説の台頭で既に崩壊しているようなものじゃないですか。今やプロになりたいなら、新人賞に応募するよりも『なろう』に投稿する方が早い」

冷ややかに言い切った城ヶ峰に、神戸はさらに表情を険《けわ》しくし、

「出版社が作家を育てることを放棄し、ネットからお手軽に即戦力を青田買いするようになった結果が、どこもかしこもネット小説に席巻されている今の業界だろう」

「ネット発だろうと、面白い作品が世に出て売れているなら結構なことでは？」

「ネット小説が悪いとか駄目という話ではない。新人賞では拾えないような作品がネットから登場してヒットしているのも事実だからな。だが、ネット小説だけというのがいかんのだ。新人賞では評価されない作品がネットで日の目を見るのと反対に、新人賞にはネットでは人気が得られないような作品を発掘する役割がある」

「本当に素晴らしい作品ならネットの海にあってもいずれ日の目を見ますよ。たとえば可児那《かにな》由多《ゆた》先生の『銀色景色』がネットに投稿されたとして、タイトルが地味で内容もネットの流行から外れているからといって埋もれると思いますか？」

「それは極論というものだろう。可児先生のように流行など超越した天才もいれば、今はまだ未熟でも、磨けば大成するダイヤの原石のような才能も存在する。それを見つけ出し、磨いていくのも編集者の仕事だ」

「その考えには賛同しますよ。現実にそれが実行できていればの話ですが」

「なに？」

「たしかに新人賞の受賞作の中には、未熟ながらもユニークなアイデアや非凡なセンスを感じる作品がしばしば見受けられます。ですがそういった作品を書いた作家が、その後もデビュー作と同じ方向性で成長していった例がどれだけありますか？　２作目以降、せっかくの尖《とが》った作風はどんどん丸くなっていき、酷《ひど》い場合は流行ジャンルの後追いをするだけの量産型作家に成り下がる。これではその作家を発掘した意味がないのでは？」

「……他社ではどうか知らんが、少なくともＧＦ文庫では編集部から作家に売れ線に寄せろと要求することはない。尖った作品でデビューした作家が作風をガラリと変えるのは、作家本人の意思によるものだ」

「私が前にいた会社でもそうでしたよ。ネットでは『魔改造』なんて揶揄《やゆ》されたりもしますが、多くの場合、作家がガラリと作風を変えるのは作家自身の希望です。せっかく新人賞で評価された自らの個性を殺してまで作風を変える理由……それは『売れないのは辛《つら》いから』という一点に尽きます」

「その通りだ……。『売れない』というのは精神的にも金銭的にも辛いものだ。少数でも熱狂的な声援があれば精神面は満たされるかもしれないが、金銭面はそうもいかない。作家にも生活があるからな……『売れないだろうが前作と同じく尖った作品を書いてほしい』などとは言えない」

「それが欺瞞《ぎまん》なのですよ。本当にその作家の才能を買って、いつか花開かせたいと本気で思っているのであれば、『売り上げなど気にするな。売れるまで生活の面倒は出版社が見てやる』くらい言ってやるべきでしょう。ですが現実はどうです。売れないと判断された作家は出版社から冷遇され、簡単にお払い箱となる」

「うちは基本的に作家を切り捨てたりはしない方針だ。作家に書く意思がある限りはサポートを続ける」

「ハッ。一見立派な方針のようですが、向いてもいない売れ線作品を書かせ続けて、ずるずると飼い殺しにしているだけでは？　ヒットしないし評価もされない作品を書き続けているうちに作家の心は摩耗し、やがて自分で自分に見切りをつけて業界を去っていく。そんな作家を私は何人も見てきました。それなら早々に戦力外だと告げて首を切ってやるほうがまだ優しいというものでしょう」

「他人が他人の才能に見切りをつけるなど傲慢《ごうまん》だろう。それにそれでは、自分の作家性が時代とマッチしている幸運な人間や、作風を自在に変えられる器用な作家しか生き残れない」

「それでいいじゃないですか。適者生存。時代に適合できた者だけが生き残るのです」

「なにを馬鹿な……！　作家を守れない出版社に存在意義などない」

「延命させることしかできないのなら、守れてないのと同じことでしょう」

「耐え忍ぶことでいつか風向きが変わることもある」

「自ら時代を切り拓《ひら》こうともせず、流れに翻弄《ほんろう》されるだけの作家や出版社など、いっそ滅んだほうがいいのでは？」

「ごく一部の強者《きょうしゃ》しか生存を許されない業界など地獄だぞ。平凡な人間でも普通に生活できるような豊かな土壌あってこそ、新たな時代を切り拓く天才も生まれ得るのだ」

城ケ峰《しろがみね》と神戸《ごうど》は睨《にら》み合い、

「……まあ、できることなら天才凡人の区別なく、大勢の作家に幸せになってもらいたいのは私も同感なんですけどね」

城ケ峰が微苦笑を浮かべてそう言うと、神戸も小さく嘆息し、

「あなたの考えは急進的に過ぎると思うが、とはいえ現状維持のままではいずれ出版業界が立ち行かなくなるのは間違いない。大きな変革も必要なのだろう……」

お互いの意見を認め合うようなことを言ったのち、二人はビールを呷《あお》り、再び激しい議論を再開した。

京《みやこ》と土岐《とき》はそこに口を挟むことなく、ボス二人の話を真剣に静聴しながら料理を食べるのだった。

結局城ヶ峰と神戸は閉店時間まで話し続け、店を出て忘年会がお開きになったあとも、今後の業界の行く末についてじっくり語り合うべく夜の街へと消えていった。

「なんか……すごい忘年会になっちゃいましたね」

駅へと向かう道すがら、京は隣《となり》を歩く土岐に言った。

「そうですね……」

土岐は苦笑し、

「ボスがあれほど熱くなるのは久しぶりに見ました。城ヶ峰信長《のぶなが》、噂《うわさ》には聞いてましたが凄《すご》い人ですね」

「普段はもっと飄々《ひょうひょう》とした感じなんですけどね。いつも『面白ければそれでいい』みたいなこと言ってて。社長にもちゃんと信念があったんだなって驚きました」

「なるほど。編集長同士、なにか響き合うものがあったのかもしれませんね……」

土岐はそう言ったあと、「ところで」と話題を変えた。

「伊月《いつき》の様子はどうですか？　先月の授賞式にも来ていなかったので……」

「すいません……あの日は会社に監禁して原稿書かせてました」

頬《ほお》を赤らめる京に土岐は笑い、

「白川《しらかわ》さんも一人前の編集者になりましたね」

「逃げる作家を捕まえるのだけは上手《うま》くなっちゃいました……」

　京《みやこ》は苦笑し、

「伊月《いつき》はまあ、相変わらずですよ。ちょっと今スランプ気味みたいですけど……今回のはさらに一皮剝《む》けるために必要なスランプだと思います」

「そうですか……。すっかり伊月のパートナーですね」

　土岐《とき》の声にどこか寂しげなものを感じ、京はずっと気になっていたことを訊《たず》ねる。

「あの……土岐さん。伊月があたしとエージェント契約してブランチヒルの仕事がメインになっちゃったこと、正直どう思ってますか?」

　京に問われ、土岐は立ち止まり、しばらく視線を空に向けたあと、

「悔しいですよ」


　取り繕《つくろ》うことのない率直な言葉を告げた。

「羽島《はしま》伊月は、私がギフト出版に入社して初めて正式に担当した作家です。いつかこいつと、新しい時代を切り拓《ひら》くようなとんでもない傑作《けっさく》を世に出してやろうと、本気で思っていました。しょっちゅう喧嘩《けんか》しながらも6年間ずっとやってきて、作家としてどんどん成長していくあいつを担当するのは本当に楽しかった。そんな自分にとって一番大事な作家が……他社の

新米編集者に掻《か》っ攫《さら》われたわけですよ。悔しいに決まっています」

「なんていうか……その、すいません……」

謝る京に土岐は苦笑し、

「なにより悔しいのは、『主人公になりたい』……あの作品を伊月に書かせたのが自分ではなかったことです」

「別にあたしが書かせたっていうわけでも……」

あれは伊月がただ一人に宛てたラブレターであり、たまたま彼女と同居していた京が読む機会に恵まれ、その内容に惚《ほ》れ込んで出版を提案したというだけだ。

「それでも、白川《しらかわ》さんがいなければあの作品が世に出ることはなかったでしょう」

「それは、まあ、はい……」

疑いようのない事実なので、否定できない。それに『主人公になりたい』の主要人物、黒山《くろやま》ケイのモデルは京である。そういう意味では、たしかに内容にも関わっていた。

「私は伊月の担当編集ではあっても、友達にはなれなかった。恐らく私と白川さんの違いはそこだったのでしょう……」

土岐は深々とため息を吐《つ》き、

「白川さん。これからも伊月のことを宜《よろ》しくお願いします」

軽く頭を下げて歩き出す土岐を、京は呼び止める。

「待ってください土岐《とき》さん」

「はい？」

「たしかにあたしと伊月《いつき》は仕事のパートナーであると同時に友達でもあって、あたしと伊月にしか創れない作品はあるんだと思います。でも……土岐さんと伊月にしか創れないものだってきっとあります。お互い初めての作家と担当で、何年もずっと一緒にやってきて、男同士で、年上と年下で、あたしとは違う関係だからこそ創れるものが、絶対にあるはずです」

慰《なぐさ》めや励ましではなく、確信をもって京《みやこ》は言った。

土岐は虚を突かれたように目を瞬《しばたた》かせ、

「……本当に、そう思いますか？」

「はい！」

頷《うなず》く京に、土岐は泣きそうな顔で微笑《ほほえ》んだ。

「そうですか……。だったら、まだまだ伊月の担当を外れるわけにはいかないですね」

決意を込めて言った土岐に、京は「あたしも負けませんよ」と笑った。

「……5年前に白川《しらかわ》さんを編集部のバイトに誘ったときは、こんなことになるとは想像もしてませんでしたよ」

「あたしもです。あのとき土岐さんに誘われなかったらって考えると、あたしの人生を変えたのは土岐さんかもしれないですね」

Flat slope
岩
shallow

人生の不思議を二人は噛《か》み締める。

ブランチヒル文庫編集者・白川京《しらかわみやこ》と、GF文庫編集者・土岐健次郎《ときけんじろう》。

ともに羽島伊月《はしまいつき》の担当であり、それぞれの編集部の主力として鎬《しのぎ》を削り合うライバルでもある二人の関係は、この先も長く続いていくことになる——。

Q&Aコーナー

質問
編集者の皆さんが仕事をする上でのこだわりや気をつけていることを教えてください。

一番は自分、作家ともに健康であることだ。自分の担当作家には絶対に健康診断を受けさせている。

担当作家のポテンシャルを最大限引き出せるようあらゆる手を尽くすことでしょうか。

楽しくお仕事すること！

担当作家の一番のファンであること。しかし信者にはならないこと。

作家さんとわかりあう努力を諦めないこと、かしら。

自分のこだわりを貫くよりも、作家それぞれに合わせた仕事をすることかしらね。編集者なんて所詮は才能の奴隷なのよ……。

ママ友とパパ友

12月25日の夕方、伊月《いつき》の家でクリスマス会が開かれた。実は昨日も羽島《はしま》家の実家でクリスマス会をやったので、2日連続である。

会の面子《メンツ》は伊月、和子《かずこ》、宙《そら》の一家と、羽島千尋《ちひろ》、羽島栞《しおり》の姉妹《しまい》、そして海津真騎那《かいづまきな》（本名・八坂顕《やさかあきら》）、八坂アシュリー、そして二人の娘である八坂優羽《ゆう》の八坂一家。

八坂家のマンションは伊月の家から車で10分くらいの場所にあり、アシュリーの事務所も結婚を機にその近くに移転した。

ちなみに、宙の誕生日が5月17日で、優羽の誕生日は5月14日と、たった3日しか違わない。生まれた病院まで同じ——栞が生まれたのと同じ病院だ——で、宙と優羽はまさに生まれついての幼なじみと言える。

伊月・和子夫婦と顕・アシュリー夫婦も新婚生活や育児について相談したりと交流を重ねるうちに親密になり、歳は離れているがママ友・パパ友と呼べる関係になっていた。特に和子とアシュリーは、妊娠・出産という男性では分かち合えない大変な日々を共に励まし合いながら乗り越えたことで、強い友情が芽生えた。別の世界線《大野アシュリールート》で伊月を巡って対立した関係とはとても思えない。

「できたよー！　これはねー、がんだむのおっぱい！」

「きゃはー！」「がんじゃむー」

リビングでは宙と優羽の前で、栞がお姉さんぶってレゴブロックで何かよくわからない物体を作ってみせている。

そんな幼児3人を、和子とアシュリーが柔《やわ》らかな笑みを浮かべて見守りながら、和《なご》やかにお喋《しゃべ》りをしている。

「和子ちゃん、『となりのトトロ』って観たことある？」

「あー、実は観たことないんですよねー」

「ワタシも先日初めて観たのだけど、時代を超えて愛されるのも納得の名作だったわ」

「そうなんですか、じゃあ私も観てみます。あっ、そうだ、こないだ『アナ雪』観ましたよ。れりごーれりごーってあんなシーンで歌うんですね。意外でした」

「でしょう？　面白いけど、子供にはちょっと早いかもしれないわよね」

子供が生まれる前はゾンビとかサメのB級映画を好んでいた2人だが、最近は専《もっぱ》ら「子供がもう少し大きくなったとき、家族で一緒に観たい映画」の情報交換をしている。この2人がジブリやディズニー映画について仲良く喋ってる光景など、数年前には誰も想像できなかっただろう。

そんな2人の夫である伊月と海津は、ダイニングで千尋の作ったツマミを食べながらワインを酌み交わし、幸せそのものといった光景を見つめていた。

「はぁ……平和だねぇ……」

「ですねー……」

しみじみと言った海津《かいづ》に、伊月《いつき》が相づちを打つ。海津は微苦笑を浮かべ、

「……正直、自分が家庭を持つことができるなんて、少し前まで本当に想像もしてなかったんだ……。今でもときどき、もしかしたら何もかも夢なんじゃないかと思うことがあるよ」

「現実ですよ。家に帰ったら仕事がたくさん待ってますよ」

伊月の言葉に、海津は「思い出させないでくれ……」と嫌そうな顔をした。

海津は現在、ライトノベルではなく一般文芸の分野で複数の出版社と仕事をしている。

結婚して間もなく一般文芸で出した『第六感のミストレス』が敏腕として知られる映画プロデューサーの目に留まり、人気女優主演で映画化され大ヒット。それ以来、多くの出版社から執筆依頼が舞い込むようになった。

安定して高いクオリティを保ちつつも作者ならではの個性というものが薄い海津の作風は、キャストありきで企画されることが多い実写映画やドラマの原作として重宝され、新作を刊行するたびに次々と映画化、ドラマ化されている。

海津真騎那《まきな》は、今や伊月や春斗《はると》を凌《しの》ぐ流行作家なのだ。

「パッとしないラノベ作家のまま一生を終えるつもりが、人生わからんもんだなあ……。結

局ラノベ業界から逃げて別の道を選んでしまった俺を、幽《かすか》が見たら何て言うかね……」

自嘲《じちょう》するような海津の物言いに、伊月は、

「逃げ恥ですよ逃げ恥」

逃げるは恥だが役に立つ——ハンガリーのことわざで、「今いる環境にしがみつくのではなく、時にはそこから逃げて自分の戦う場所を選ぶことも大切だ」というような意味らしい。

「海津さんが一般文芸でブレイクしたのは、ラノベ作家にとっても希望になってると思いますよ。いざとなったら別の場所があるかもしれないってのは、希望じゃないですか」

たまたま作品が映画関係者の目に留まって一躍人気作家の仲間入りという、絵に描いたようなシンデレラストーリーに見えるが、海津の成功は決して運だけではなく、彼が長年培ってきた地力あってこそのものだと伊月は心から思う。

伊月の言葉に、海津はどこか救われたような顔をした。

「俺が希望、ね……。本当にそうだといいな」

「それに、もしも関ヶ原《せきがはら》先生が今の幸せな海津さんとアシュリーさんを見たら、きっと普通に祝福してくれると思いますよ」

「そうかな……」と海津は思案げな顔を浮かべたあと、「そうだな」と笑った。

頑張った人間が幸せになることを何より大切に思っていた彼女が、友の幸せを祝福しないことなどあり得ないのだ。

「ちなみに伊月《いつき》くんは最近どうだい」

「俺は……微妙に調子悪いですね」

家族や京《みやこ》や春斗《はると》の前では言わない弱音を、伊月は素直に吐露した。

「書いてもいまいち手応えがないっていうか……前に進んでる気がしません」

「ふむ……」と海津《かいづ》は神妙な顔で頷《うなず》き、

「まあ、そんなことを言われても俺のような凡人が君にアドバイスできることなんて特にないんだが」

自虐的に笑う海津に、伊月も苦笑し、

「そこをなんとか、先輩として相談に乗ってもらえないですかね」

「ふむ、それじゃあ、あくまで一般論だが……いろいろ抱えすぎなんじゃないかね」

「仕事を、ですか？」

「仕事も、かな」

「海津さんだって、何作も同時進行でやってるじゃないですか」

「俺は小説しか書いてないからね。君はメディアミックスほとんど全部監修してるだろう。そこまですることないんじゃないかな」

「だって、自分の作品は全部大事じゃないですか。それに春斗だって同じことやってるし」

伊月の言葉に海津は苦笑を浮かべ、

「自分が直接生み出した小説以外のものまで『自分の作品』の範囲に含めるかどうかが、君や不破《ふわ》くんと、俺の最大の違いかもしれないね」

海津は初めての映画化のときから、メディアミックスの内容には一切口出しせず、どんな企画でも断らないという姿勢を貫いている。そのため原作と全然違うストーリーに改変されたり、キャストに演技力の低いアイドルをねじ込まれたりといったこともたびたび起きるが、それに対する不満を表に出したことは一度もない。

自分の作品に対する愛がないと非難する者もいるのだが、「うるさくない原作者」というスタンスが海津作品の流行を後押ししているのは紛れもない事実である。

「なんなら俺は、小説すら究極的にはどうでもいいからねえ。小説は、生活するための手段。大事な家族を養っていくための手段に過ぎないのさ」

伊月には共感できない考えではあったが、ここまで言い切ってしまえる海津のことは素直に凄《すご》いと思う。

自分の本当に大切なものが何なのか、この人はちゃんとわかっているのだ。

これさえあればいいと思えるものが自分の中にしっかりあって、それ以外のものはすべてどうでもいいと割り切ってしまえる海津の在り方が、今の伊月には眩《まぶ》しく映った。

――俺の本当に大切なものはなんだろう。

一番は間違いなく和子《かずこ》と宙《そら》。

じゃあ小説はどうなんだ。

自分にとって小説とは、家族よりも下で、生活していくための手段として割り切ってしまってもいいものなのか？

……もしも本当にそうだとしたら。

きっと羽島《はしま》伊月《いつき》はもう、主人公ではないのだろう。

作品紹介

『第六感のミストレス』

著：海津真騎那

シリーズ３冊発売中。

■あらすじ

中堅作家・八神秋夫は確定申告のために近所の税理士の事務所を訪ねる。そこで出逢ったのは、ビスクドールのような外見をした年齢不詳の美人税理士・斧明日見だった。報酬を無料にする代わりに、彼女が現在請け負っている遺産相続の案件の手伝いをすることになった秋夫は、彼女の指示で亡くなった大富豪の屋敷へ潜入する。地元で権力を恣にしてきた一族の闇を、ドＳ税理士が金の動きから解き明かす、新感覚安楽椅子探偵小説!!

■登場人物

【八神秋夫（やがみ・あきお）】

３２歳の推理小説家。うだつの上がらない中堅作家だが、去年珍しく本がヒットしたので初めて税理士に依頼することに。明日見に代わって富豪の屋敷を調査することになるが、探偵の真似事にはノリノリのお調子者。

【斧明日見（おの・あすみ）】

税理士。貴族のようなドレスに身を包む年齢不詳の小柄な美女。事務所から一歩も出ることなく相続問題を解決するため、秋夫を手足としてこき使う。

【九宝院泰蔵（くほういん・たいぞう）】

故人。享年８７。一代で莫大な財を築いたが、彼の遺言書が複数発見されたため一族間で争いが起きることに。

【九宝院英司（くほういん・えいじ）】

３４歳。泰蔵の孫。明日見の依頼人。

【西原麻衣子（さいばら・まいこ）】

２６歳。九宝院家の家政婦。実は泰蔵の娘。

パンツをかぶる日

12月下旬の日曜日。

久しぶりに休日を家で過ごせることになった京《みやこ》は、全裸でヨガをしていた——いや、させられていた。

同居人のマンガ家、三国山蚕《みくにやまかいこ》（25歳）の絵のモデルである。

最近は忙しくてあまりモデルをやっている時間もなかったので、今日のうちに色んなポーズを描き溜めておきたいということらしい。鳩のポーズやら牛の頭のポーズやら花輪のポーズやら、日常生活では絶対にしないようなポーズを次々にとる京を、蚕は凄《すさ》まじい速さと画力でスケッチしていく。

蚕は現在も月刊コミックギフテッドで、伊月《いつき》の『妹のすべて』のコミカライズを連載している。原作小説は2年ほど前に完結しているのだが、コミック版はそのクオリティの高さから原作以上の売り上げとなっており、原作の内容を最後まで描ききるまで連載を続ける予定だ。

『妹すべ』の他にも3年前から別の雑誌でオリジナル作品の連載をスタートしており、こちらも好評。さらには同人活動も始めて、瞬く間に人気サークルになった。

「やっぱりみゃー様の身体《からだ》はいいですねー。描いていて楽しいです」

パンツをかぶって鼻息荒く蚕が言った。

「最近ちょっとお腹まわりが気になってきたんだけどねー……」と京。

暇を見つけて運動するようにはしているものの、生活習慣が乱れがちで深夜に食事をすることも多いと、どうしても身体が弛《ゆる》んでいってしまう。

「ちょっとくらいむちむちしているのもそれはそれで需要があるものですよ」

「むちむちしてるとか言わないでよ！」

京はむくれて抗議し、

「……ていうか、モデルならあたしじゃなくて彼女に頼めばいいのに」

京の言葉に蚕は目を丸くして、

「とんでもありません。大事な彼女の裸《はだか》を漫画にして衆目に晒《さら》すなんて、できるわけないじゃないですか」

「あたしの裸を衆目に晒すのは問題ないの……？」

蚕にジト目を向ける京。

「彼女」というのは言葉通り、蚕の恋人のことである。

蚕のアシスタントをしている22歳の女性で、妹萌《も》えでもある蚕がお遊びで「お姉様」と呼ばせたりして百合姉妹《しまい》ごっこをしているうちにガチ惚《ぼ》れされ、彼女に押し切られる形で付き合うことになった。

「まあ、彼女を独《ひと》り占めしたいっていうのは結構だけど……それならあたしが家にいるときに仕事部屋でエッチなことするのは遠慮してほしいわね」

「な、なぜそれを……!?」

蚕《かいこ》が顔を赤らめて動揺する。

「リビングにいたらドア閉めてても声が聞こえてくるのよ……」

京《みやこ》も思い出して赤面した。

夕食を食べていたら友達の喘《あえ》ぎ声が聞こえてきたときの気まずさたるや。

「そうだったのですね……以後気をつけます……」

しゅんとする蚕に、

「あのさ……もしお邪魔だったらあたし、この家出ようか？」

「いえ、そんなことは決して！」

京の言葉を、蚕は強く否定した。

「たしかにいつかはあの子と二人で暮らしたいと思っていますが、まだ先の話かなと。両親も説得しないといけませんし」

「そうなんだ」

「あっ、ですがもし、みゃー様が不破《ふわ》さんと同棲をお考えなのでしたら、遠慮なく仰ってくださいね」

蚕には、京がいずれ春斗《はると》と付き合うつもりであることを伝えてある。

「うーん……たしかに近いうちに付き合う約束はしたけど、付き合ってすぐ一緒に住むってことにはならないと思うわ」

「では当分は、このままみゃー様との二人暮らしですね」

そう言って安堵《あんど》の表情を浮かべる蚕に、京も「そうね」と微笑《ほほえ》む。

結婚したり恋人ができたり就職したり進学したり引っ越したり年をとったり、ただ生きているだけでも誰もが変化と無縁ではいられない。この数年でそれを痛いほど実感してきた。

いずれは蚕とも別れる日が来る。

だからこそ、このちょっと変な友人と同じ家で過ごす日々を大切にしたいと思う京だった。

「ところでみゃー様は、冬コミの日は空いていますか？」

「冬コミ？　空いてるといえば空いてるけど」

ブランチヒル文庫はコミケには出展しないので仕事は入ってないのだが、関わりのあるクリエイターやアニメ関係者などに挨拶《あいさつ》しに行くつもりだった。

「もし宜《よろ》しければ、売り子の手伝いをしていただけませんか？　売り子をお願いしていたアシスタントの方が一人、インフルエンザにかかってしまったのです」

「売り子かー。……コスプレはしなくていいのよね？」

かつてGF文庫でバイトしていたときは、コミケのとき毎回コスプレして売り子をさせられていた。コスプレも慣れれば割と楽しかったのだが、今はちょっと身体《からだ》の弛《ゆる》みが気になる。

「はい、大丈夫です」と蚕《かいこ》が答え、

「よかった。だったら手伝うわ」

「ありがとうございます！」

妹

そして年末、冬コミ当日。

京《みやこ》は三国山《みくにやま》蚕の個人サークル『イノセント・ラブリー』のブースにて、売り子を引き受けたことを全力で後悔していた。

ブースにいるのは蚕と、彼女の恋人の熊野愛果《くまのまなか》、そして京の3人。

別にカップルと一緒に売り子をするのが嫌というわけではなく、問題は3人の格好だ。

「コスプレはしないって言ったじゃない……」

どんよりと呻《うめ》く京に、蚕はさも当然のように、

「はい、コスプレではありません。このサークルの正装です」

「じゃあコスプレのほうがまだマシだったわよ……！」

3人とも、服装は普通だが顔にパンツをかぶっているのだ。

以前のコミケで蚕のサークルに行ったとき、売り子全員がパンツをかぶっていたのを見て驚いたことがあるが、それをすっかり忘れていた。

「うう……まさかあたしまでパンツをかぶる日が来るなんて……」

ちなみにパンツは蚕の私物で、穿《は》くのではなくかぶる専用のものらしい。なお、他の参加者が蚕本人と売り子の区別がつくように、京と愛果のパンツには真ん中に「1号」「2号」という刺繍《ししゅう》がされている。

女の子3人がパンツをかぶっている光景に、付近のサークルの人たちやコミケスタッフがちらちらと視線を向けてくる。売り子がコスプレをしているサークルは他にもあるのだが、京たちが一番目立っていた。

「大丈夫ですよ！　京さんもすぐに慣れます！」

励ますように愛果が元気よく言った。

「慣れたくはないんだけど……愛果ちゃんは平気なの？」

「はい！　最初は戸惑いましたけど、最近は私もマンガを描くときパンティーをかぶるようにしているんです。はやくお姉様のようなマンガ家になりたくて！」

「ふふ、可愛《かわい》い子。マナのパンティー、とっても似合ってますよ」

蚕が愛果の頬《ほお》にそっと触れると、愛果が「お姉様……」とうっとりした顔を浮かべる。

パンツをかぶってイチャイチャする二人を京が死んだ魚のような目で見ていると、一般入場開始のアナウンスが流れ、入り口から大勢の人が入ってきた。

『イノセント・ラブリー』のブースの前にもあっという間に行列ができ、愛果《まなか》は列の整理に向かい、京《みやこ》と蚕《かいこ》は会計をこなす。

蚕が今回作った同人誌はオリジナルの18禁モノで、交通事故で死亡し複数の触手が生えたパンツ（飛べる）に転生した主人公が、下着を愛する下着姿の13人の妹たちと同時にセックスするという、作者の嗜好《しこう》が100％発揮された同人誌ならではの内容である。絵は本当にドエロいのだが、ツッコミどころがありすぎてエロ本として使い物になるのかはわからない。

パンツをかぶってエロマンガを売る自分に、久々に「なにやってんだろ、あたし……」という疑問を抱いた京だったが、心を虚無にしてひたすら売り子として働いているうちに、やがてパンツのことは気にならなくなった。

㊛

『イノセント・ラブリー』の同人誌は昼前には完売した。

蚕と愛果は二人でコスプレイヤーの写真を撮るために出かけていき、京は一人で留守番をしている。

と、そこへ不破春斗《ふわはると》が姿を現した。

1号
500

手に持った紙袋には大量の薄い本。恐らくほとんどが『リヴァイアサン・リヴァイブ』の同人誌だろう。

「春斗《はると》さん！」

京《みやこ》が声を掛けると、

「や、やあ、お疲れ様……京、ちゃん？」

春斗はなぜか顔を引きつらせながら、「え、えーと……あ、とりあえずこれ、差し入れ」と紙袋に入っていたクッキーの箱を差し出した。

「ありがとうございます！」

笑顔で受け取る京だったが、春斗の表情はなおも硬い。

「？　どうしたんですか？」

「いやそれこっちの台詞《せりふ》ッ!!」

春斗は耐えかねたように叫んだ。

京はしばらくぽかんとしたあと、ようやく自分がパンツをかぶったままだということに気づいた。

「こ、これはこのサークルの正装で！」

「あ、うん、はい」

説明をされても、春斗はまだ引いていた。

春斗も蚕《かいこ》がマンガを描くときパンツをかぶることは知っているのだが、その姿を直接見たことはなく、つまり彼にとってはパンツをかぶった人間と間近で対峙《たいじ》するのはこれが初めてということになる。そりゃ引くわ。

春斗は明らかにすごく無理をして笑顔を作り、

「オレは……たとえキミがどんな姿になっても好きだから……」

「あたしが本当にパンツ星人になっちゃったみたいに言わないでください！」

振り絞るように言った春斗に、京は慌《あわ》てて顔のパンツを取る。

しかし春斗は、なぜかすごく切なげな表情を浮かべた。

「ど、どうしたんですか？」

「あ、うん……好きな子が初めて自分の前でパンツを脱《ぬ》いでくれたのに、これっぽっちも嬉しくなくてほんとに泣きそう……」

「顔のパンツはノーカンでお願いします！　あとその発言は普通にキモいです！」

顔を真っ赤にして叫びながら、京はもう二度と蚕のサークルの手伝いはしないと誓ったのだが、なんやかんやでこれからもコミケのたびにパンツをかぶることになるのであった。

作品紹介

同人サークル
『イノセント・ラブリー』
作品リスト
(いずれも十八禁)

『僕の妹はパンツを食べる』

記念すべき三国山蚕の同人デビュー作。パンツが好きすぎて食べてしまう美少女が下着職人を目指す兄と恋に落ちる。

『クッ、身体のパンツは自由にできても、心のパンツまでは脱がせはしない！』

女騎士凌辱モノ。物語上パンツが脱がされているにもかかわらず、ずっと絵では描かれているという斬新な描写が話題となった。

『パンツリボンの騎士』

引き続き女騎士モノ。男勝りな王女が、パンツを被って変装して冒険を繰り広げ、敵国の王子と禁断の恋に落ちる。

『お兄ちゃんのパンツにならどんなことをされても平気だよ』

一子相伝のパンティーマスターの兄の修行のため、妹は自らその身を捧げる。人体の限界に挑むようなハードなエッチシーンが特徴。

『ショック・オブ・パンティー13（サーティーン）』

最新作。交通事故で死亡し複数の触手が生えたパンツに転生した主人公が、下着を愛する下着姿の１３人の妹たちと同時にセックスする。１３人の妹全員のキャラがちゃんと立っているのが地味に凄い。

シリウス

1月1日の昼過ぎ。

伊月《いつき》と和子《かずこ》は神社に初詣にやってきた。

息子の宙《そら》はまだ人混みに連れて来たくなかったので、新年の挨拶《あいさつ》に行ったついでに実家で面倒をみてもらっている。宙を連れてのお参りは、後日八坂《やさか》一家と一緒に行く予定だ。

4年前に千尋《ちひろ》と伊月が二人で初詣をしたのと同じ、実家近くの神社で、二人とも着物を着ている。

和子の着物は結婚前から持っているもので、ピンクを基調にした花柄の華やかなデザイン。伊月の着物も自前だが、黒を基調にした渋めの色合いの、4年前に着た父のものとほとんど同じものである。しかし、4年前は父や母に「似合わんなあ」だの「成人式の若者みたい」だの言われた伊月の着物姿だが、歳を重ねて子供も生まれ、顔つきも当時より少し大人びた今の伊月は、それなりにサマになっていた。

「二人だけでお出かけするのって久しぶりですね」

「そうだな」

和子の言葉に伊月が頷《うなず》く。

宙《そら》が生まれてからというもの、外出は家族3人一緒か、片方が仕事や買い物に行くときはもう一人が家で宙をみていることが多い。

参拝者の行列に並んで30分ほどで、伊月《いつき》たちの番が回ってきた。

社殿の前に行って一礼したあと、伊月は5円玉を、和子《かずこ》は500円硬貨を賽銭箱《さいせんばこ》に入れた。

一般的に500円硬貨は「これ以上の効果《硬貨》がない」ということで賽銭には使われないのだが、和子は「今がこれ以上ないくらい幸せなので神様に感謝します」という独自理論で毎回500円を入れている。

鈴を鳴らして2回お辞儀し、パンパンと2回手を叩《たた》き、目を瞑《つむ》って祈る。

――今年も家族3人……いや、両親と2人の妹、それに和子の実家にいる義理の父母、それから八坂《やさか》家の3人に京《みやこ》や春斗《はると》や蚕《かいこ》さんも……とにかく俺の周りにいる人たちがみんな健康で幸せに暮らせますように。

伊月はそう祈った。

加えて、今度こそ『主人公になりたい』を超える最高傑作《けっさく》が書けるように祈ろうかと迷ったが、思いとどまった。

小説のことだけは神に頼むのではなく自分の力でなんとかしたい。

とはいえ未だに手がかりが摑《つか》めない状況なので、神の啓示でも降りてきて欲しいというのが正直な気持ちではあった。

最後に一礼して神前を離れ、二人は無病息災と家内安全のお守りを買った。

「伊月さん、お土産《みやげ》になにか買っていきませんか？」

参道の露店を見ながら和子が言った。伊月もそちらに目をやり、

「おう、そうだな。……とりあえず宙にはベビーカステラかな。うーん……しーはたこ焼き大丈夫だっけ？」

「そろそろ４つですし、問題ないと思いますよ」

「でもあいつグルメだからなー……屋台のたこ焼きで満足してくれるかどうか……」

「しーちゃんがグルメなのは乳首だけじゃないですか」

「それもそうだな」と伊月は笑った。

お土産にベビーカステラとたこ焼きと今川焼き、それから帰り道に自分で食べるために伊月はアメリカンドッグ、和子はフランクフルトを買い、二人は神社をあとにする。

大晦日《おおみそか》は寿司と蕎麦《そば》、元旦はお節料理とお雑煮、昼も実家でお節と、上品な味付けの和食が続いていたので、アメリカンドッグのジャンクな味わいに舌が喜んでいる。

「フランクフルト久しぶりに食べましたけど美味《おい》しいですね」

そう言いながら和子は、昔のようにフランクフルトをチンコに見立てたりもせず、ケチャップがこぼれないように気をつけながら普通に食べる。

結婚してからの彼女は、下ネタも言わなくなり、家で全裸で過ごすこともなくなった。

ずっと全裸で伊月《いつき》と四六時中セックスしながら生きるのが夢などと馬鹿なことを宣《のたま》っていた、かつての面影は既にない。

料理や家事をこなし、育児も大部分を和子《かずこ》が担っている。

完璧《かんぺき》な、よき妻、よき母として成長した羽島《はしま》和子。

——でも、本当にそれは、「成長」なのか？

「なあ、和子」

ぽつりと伊月は呼びかけた。

「はい？」


「……作家にはいつ復帰するんだ？」


ずっと気になっていて、しかしどういうわけか訊《き》くことができなかった問いかけが、伊月の口を突いて出た。

育児に専念するために休業を宣言してから、和子は一切小説を書いていない。妊娠中からほとんど休業状態だったため、かれこれ2年以上本を出していないことになる。

「んー……」

和子はフランクフルトをまた一口食べて、

「まだ宙《そら》くんも小さいですし、当分は育児に専念しないといけないですよ」

「それはまあ、そうなんだが」

一般的な会社での育児休暇は、最長で2年までとされている。宙は1歳7か月で、まだ仕事への復帰を提案するには早いのかもしれない。そもそも作家という個人事業主が、一般企業の育休の基準に合わせる必要などない。しかし、

「当分は、ってことは、そのうち復帰はするってことだよな？」

確認する伊月に、和子は「うーん」と小首を傾《かし》げ、

「正直、なんかもう、休業じゃなくてこのまま引退しちゃってもいいかなって思ってます」

「……そう、なのか」

何でもないことのように柔《やわ》らかな声音《こわね》で言った和子に、伊月は声が震《ふる》えるのを抑えられなかった。

薄々と感じていた彼女の気持ちをはっきりと言葉にされ、心が抉《えぐ》られる。

「だって伊月さんは売れっ子ですし、貯金も十分すぎるくらいありますし、私がこれ以上お金稼ぐ必要ないじゃないですか」

「べつにお前は、金のために作家やってたわけじゃないだろ？」

「そうなんですよねー。だからいっそう、復帰する理由がないっていうか」

和子は、伊月に会うために小説を書き始め、伊月と付き合うために作家を続けてきた。その

想いが報《むく》われ、子供まで生まれた今、彼女が小説を書く動機は失われた。

「お前の小説を待ってる読者がたくさんいるんだぞ」

「うーん……そこはまあ、ちょっと申し訳ないなとは思いますけど。でも今の私にとって一番大事なのは宙《そら》くんなんですよ。伊月《いつき》さんと宙くんと3人で穏やかに過ごす毎日が幸せすぎて、また小説を書こうなんて全然思えないんですよねー」

完全に満ち足りた、穏やかな笑顔を浮かべる和子《かずこ》に、

「そうか……じゃあ、しょうがないな」

震《ふる》えを殺し、溢《あふ》れそうになる激情を必死にねじ伏せ、伊月は微笑《ほほえ》んだ。

自分の子供より、見ず知らずの読者を大事にしろなんて、口が裂けても言えない。

満ち足りた最高の幸せを手放して、締め切りに追われ、精神と体力を削り続けながら、それでも報われるとは限らない、煉獄《れんごく》のような世界に戻ってくれなんて、絶対に言えない。

——「俺がお前の小説を読みたいから、再び可児那由多《かになゆた》になってくれ」なんて、そんなただの個人的なワガママを、純然たるエゴを、目の前で幸せそうに笑っている最愛の人に向けて言えるわけがないじゃないか。

和子にとって羽島《はしま》伊月という男は、大切な人であると同時に、大切な小説家でもある。

それと同じように、伊月にとっても、可児那由多という女性は、大切な人であると同時に、大切な小説家でもあるのだ。

彼女のデビュー作『銀色景色』を読んだあのときから、可児那由多は伊月にとっていつか追いつきたい最強のライバルで、圧倒的な才能で自分を押し潰《つぶ》してくる恐るべき敵で、そして、世界で一番好きな小説家だった。

担当編集の山県《やまがた》きららや新人賞の関係者を除《のぞ》けば、可児那由多信者の第一号が自分だ。

可児那由多のいない世界なんて面白くない。

可児那由多の小説が読みたい。

またその凄《すさ》まじい力を見せつけてほしい。

あのときから格段に作家として成長した自分で、今の可児那由多に立ち向かいたい。

つまり、要するに、端的に、何が言いたいかというと、

俺と戦え!!

……バトル漫画のライバルキャラでもあるまいし、いい大人がそんな馬鹿で非常識で身勝手なこと、現実で言えるわけがない。

言えないから。

書く。

何故《なぜ》なら羽島伊月は、小説家だからだ。

どんなに馬鹿で非常識で身勝手な欲望だって、小説という形で自由に物語ることができる、

世界で最高の職業だからだ。

その日の夜。

正月だというのに普通に家で仕事をしていた白川京《しらかわみやこ》のパソコンに、伊月《いつき》からメールが送られてきた。

お世話になっております、羽島《はしま》です。新作の企画書をお送りします。

「伊月……！」

添付されていた企画書のデータを、京はすぐさま開いて確認する。

新企画のタイトルは『明日の君さえいればいい。』

企画の概要、舞台設定、登場人物、あらすじに目を通し、企画書の最後に書かれていた「想定するターゲット」の項目を見て、京の目に涙が浮かぶ。

■想定するターゲット　可児那由多《かになゆた》

「気づいてくれるって信じてたわよ、伊月」

『主人公になりたい』にあって、それ以降の伊月の作品に足りなかったもの。

それは、誰かに対する強い想いだ。

『主人公になりたい』の根底にあったのは、本田和子《ほんでんかずこ》に対する愛。

『明日の君さえいればいい。』に伊月が込める想いがなんなのか、企画書段階ではまだはっきりとはわからなかったが、しかしこれだけは信じられる。

きっとこの作品は、羽島伊月の最高傑作《けっさく》になるだろう、と。

「よし……！」

京は頷《うなず》いて、傍らに置いてあったスマホを手に取ると、ある人に電話を掛けた。

「あ、お世話になっております、ブランチヒル文庫の白川です。……はい、そうです。例の件、正式にオファーさせてください」


『例の件、正式にオファーさせてください』

京からその言葉を聞いた彼は、口元に笑みを浮かべて思わず呟《つぶや》いた。

「待たせすぎですよ、先生」

京《みやこ》からのオファーを快諾し、彼は通話を切った。

恵那刹那《えなせつな》、２２歳。

ぷりけつというペンネームで活動するイラストレーターで、その人気・実力は時を経てますます大きなものとなっている。

その見た目も、かつて千尋《ちひろ》の尻を追いかけていた頃から大きく変わった。

顔つきはぐっと精悍《せいかん》になり、髪を派手に染めるのもやめ、服装も普段からシックなジャケットを着ている。なぜか身長も急に10センチほど伸びた。

京から、「羽島伊月《はしまいつき》の最高傑作《けっさく》のイラストを担当してもらいたいので、スケジュールに余裕を作っておいてほしい」というお願いをされたのは、今から1年以上前のことだ。

いつ完成するかもわからない作品のためにぷりけつほどの人気イラストレーターをキープしておくなど、この業界ではあり得ないレベルの非常識な行為なのだが、刹那は京の依頼を「了解です。それじゃ、それまで仕事をセーブしておきます」と迷いなく快諾した。

それからというもの、刹那は細々した仕事をこなしながらさらに腕を磨くべく、空いた時間に練習のための絵を描きまくった。

イラストだけでなく、数年前に少しかじったキュビスムにもまた挑戦してみたり、いろんな場所を旅してデッサン、スケッチ、CG、油絵、水彩画、水墨画、彫刻、陶芸、書道、音楽など様々なジャンルの芸術を経験し技術と感性を磨いた。

――なんで新作のイラストレーターが自分じゃないんスか！

かつて刹那《せつな》がイラストを担当した伊月《いつき》の『新世界の創妹記《ジェネシスター》』が完結して、次の作品のイラストレーターは別の人が担当するという話を聞いたとき、刹那は伊月にそう詰め寄った。

そのときの伊月の答えは、

――俺の小説は、お前の絵に負けている。だから今は、まだ、再びお前とコンビを組むことはできない。

あれからもう7年。

今や伊月は押しも押されぬ人気作家となり、当時のように「イラストのおかげで売れただけ」などと言う者はどこにもいない。

特に3年前に出た『主人公になりたい』を読んだときは、なぜこの作品のイラストを担当しているのが自分ではないのかと悔しさを覚えると同時に、もしも仮に自分がこの小説のイラストを担当するとしたら、小説に絵が負けてしまうのではないかという焦燥《しょうそう》すら抱いた。

それ以来、刹那は以前にも増して自分の力を磨くことに熱心になり、チャラついた格好と言動も改め、スマホを持ち歩き仕事先からの電話にも出て、納期も守るようになった。

実力と人格を兼ね備えた最高のクリエイターへと生まれ変わった現在のぷりけつのことを、業界人たちはひそかに「神ケツ先生」と呼んで敬っている。

「7年間、この日が来るのをずっと待ってましたよ」

滞在しているホテルの部屋の窓から、南東の空に冬の大三角形が見える。

そのうちの一つ、肉眼でもはっきり見えるほど強く輝《かがや》くシリウスに向けて、刹那は手を伸ばす。太陽を除《のぞ》いて全天で最も明るい恒星で、古代の人々が航路を決める道標としていたあの星が、刹那は好きだった。名前にシリが付いてるのがいい。

1巻からの長い伏線を回収し、ぷりっと光り輝くスターが、ついに再び羽島《はしま》伊月とコンビを組む。

作品紹介

『明日の君さえいればいい。』

著：羽島伊月　イラスト：ぷりけつ

上下巻

■あらすじ

最強の戦士を造り出す計画によって産まれた少年フェンリスは、自分の力の正体も知らぬまま成長し、気ままに世界を放浪する。旅先で殺した怪物や他の戦士の血を浴びることでさらに力を増していく彼は、世界中から危険視され命を狙われるのだが、凄腕の刺客も周到な罠も、圧倒的な力ですべて打ち破っていく。やがて一部の人々から神と崇められるほどになった彼は、この世界の創造神の怒りに触れてしまう――。

■登場人物

【フェンリス】

欲望の赴くままに世界を旅する青年。白髪に灰色の瞳の美男子。魔導王ウォーダンによって造られ、失敗作として廃棄されたものの、生き延びて凄まじい力を手に入れた。

【ティア・グレイプニル】

フェンリスが気まぐれに助けた少女。傷を治すためにフェンリスの血と精液を与えられ、彼の能力を一部受け継いだ。恩人である彼を慕うが、やがて創造神の啓示を受け、彼を討伐することになる。

【ウォーダン・ハールバルズ】

中つ国最大の国を統べる王。人智を超えた魔術師でありながら、さらに貪欲に力と知識を求め続けている。自らの造り出したフェンリスを恐れ、彼の命を狙う。

【創造神ユミル】

量子コンピュータ。

報いの虹

4月上旬。

羽島伊月《はしまいつき》の最新作『明日の君さえいればいい。』が上下巻同時に発売された。

剣と魔法のファンタジー世界を舞台に超強い主人公が大暴れするという、いわゆる俺TUEEE系の一種ではある。

どことなくロマンチックなタイトルとは裏腹に、全編にわたって過激な暴力表現や性描写が頻出するハードな内容で、主人公のキャラクター性も過去の伊月作品のように等身大で共感できたりかっこよかったりするタイプとは全く異なる。

圧倒的な力を持ちながら、それを正義のために使うことなく、ただ己の感情のままに暴れ回り、行く手を阻《はば》む者は女でも子供でも躊躇《ためら》いなく殺す。

強大な悪を主人公としたピカレスクロマンかと思いきやそうでもなく、主人公の行動にはまったく筋が通っておらず、時には何の見返りもなく人助けをしたりもするのに、かつて助けたのと同じような状況の人々を平然と見捨てたりもする。

気分がいいから人を助け、気分がいいから人を殺す。

気分が悪いから人を助け、気分が悪いから人を殺す。

空が灰色だから人を助け、空が灰色だから人を殺す。

太陽が黄色いから人を助け、太陽が黄色いから人を殺す。

腹が減っているから人を助け、腹が減っているから人を殺す。

無軌道で一貫性がなく、まるで巨大な力を持った幼児のように暴れるだけの主人公の物語は、かつて彼が救い、自分の力を分け与えたヒロインに討伐されることで幕を下ろす。

「俺はずっと待っていたのかもしれない。俺を殺してくれる誰かを……」

ヒロインと対峙《たいじ》した際にそんな台詞《せりふ》を吐いておきながら、実際に追い詰められるとみっともなく泣き喚《わめ》き命乞いをするというその最期に、散り際の美学といった格好良さなど微塵《みじん》もなく、ただただ後味の悪さだけが残る。

これまでの羽島伊月《はしまいつき》作品のどれともまったく違う、ライトノベル全体から見ても異色のこの作品は、賛否両論をもって世間に迎えられた。いや、最初は明らかに『否』寄りの感想のほうが多かった。

「共感できない」

「嫌い」

特に『主人公になりたい』以降の、等身大の人物たちが繰り広げる青春物語を求めていたファンからの反発は大きく、中には手紙で直接「羽島先生にこんな作品を書いてほしくありませんでした」と伝えてくる読者までいた。

しかしそれなのに、売り上げはどんどん伸び続けた。

「まったく共感できない。でも何故《なぜ》か他人事《ひとごと》とは思えない」

「不愉快な内容。でも何故か読み進めるのをやめられない」

「間違いなく傑作《けっさく》だが、私はこの作品が嫌いだ」

「私はこの作品が嫌いだが、間違いなく傑作だ」

「痛快なのに悲しい」

「悲しいのに痛快」

一貫性のない主人公を象徴するかのように、ＳＮＳや書評サイトではそんな矛盾めいた感想が溢《あふ》れ続け、口コミで「上手《うま》く言葉にできないけどなんか凄《すご》い作品」という評判が広がっていき、発売２週間後には文庫本売り上げランキングの圏外まで落ちていたのが、１か月後に再びランキングに顔を出し、それから徐々に順位を上げていくという、異例の売れ方となった。

全編を通して作品の根底を流れる、上手に生きられない者の悲哀。

激しい攻撃性の裏に隠された痛切な想いに読者が気づいたとき、「この主人公は決して自分ではないけれど、それでもこれは自分の物語なのだ」と突きつけられるのだ。

〝読者に違う人生を生きさせる〟ことが小説の本懐であるならば、『明日の君さえいればいい。』は、むしろ王道《オーソドックス》とさえ言える。

そんな誰もに刺さる普遍性を秘めた小説を、羽島伊月は羽島和子《かずこ》――いや、『可児那由多《かになゆた》』

ただ一人を狙《ねら》い撃つために書き上げた。

神に選ばれた天才の心を満たし、その創作衝動を殺してしまうような癒《い》やしの物語ではなく、天才の心を焦がし、その胸に再び炎を灯すための攻撃の物語。

これまでに磨いてきた技術と感性、そして、愛と呼ぶにはあまりにおぞましい純粋で強い何かを全てぶつけて書き上げた、幸せを満喫する彼女を再び創作の沼へと引きずり下ろすための言葉の弾丸。

小説の神に挑むための、20万文字の挑戦状《ファンレター》。

コピー用紙に印刷した原稿やゲラの段階では和子《かずこ》には読ませず、刹那《せつな》のイラストが付き、本として完成したものを手渡した。

長い時間をかけて『明日の君さえいればいい。』を読み終えた和子は、その場で伊月《いつき》に感想を言うことなく、

「……伊月さん。しばらく家事とか宙《そら》くんのことをお任せしてもいいですか？」

——小説を書きたいので。

可、児、那、由、多、は、そう言ってゆっくりと立ち上がった。

『明日の君さえいればいい。』が出版されて、約1年後。

羽島《はしま》伊月は、とある式典に出席するため、都内の某一流ホテルに来ていた。

第1回、令和エンタメアワード。

今年になって複数のテレビ局や出版社などが共同で創設した賞で、マンガ、アニメ、ゲーム、映画、ライトノベルなどの分野からそれぞれ、「いまもっとも世界中の人々に向けて推《お》されるべき作品」が選出される。

伊月の『明日の君さえいればいい。』は、その中のライトノベル部門において、グランプリに選ばれた。

今日はその表彰式で、テレビや新聞の取材が入っているほか、グランプリ受賞者によるスピーチはネットで生配信される。

顔出し自体は雑誌やネットのインタビューなどで経験があるものの、大勢の人の前で長いスピーチをするというのは初めてで、伊月は非常に緊張していた。

「や、やっぱりスピーチ、京《みやこ》が代わってくれないか？　クリエイター本人じゃなくて代理を立てる人も結構いるみたいだし」

担当編集として一緒に来た京にそう言うと、

「今さらなにビビってんのよ。ガツンとかましてやるって言ってたじゃない」

「そうそう。このオレを破ったんだから、情けない姿をみせるんじゃねーぞ」

からかうように典型的なライバル台詞《ぜりふ》を言ってきたのは、不破春斗《ふわはると》だった。

彼の『リヴァイアサン・リヴァイブ』も受賞こそ逃したものの、候補作品としてノミネートされたため、式に招待されたのだ。

「春斗にだけは情けないとか言われたくないな……このシスコン王子め」

「そ、それはいま関係ないだろ!?」

伊月《いつき》の嫌味に、春斗は露骨に狼狽《うろた》えた。

「もっと言ってやって伊月。このシスコン男に」

そう言って京《みやこ》が春斗にジト目を向けた。

『明日の君さえいればいい。』が出版されて間もなく、春斗と京は約束どおり晴れて付き合い始めた。

元々ほぼ付き合っているようなものだったので交際は順調で、このままスムーズに結婚までいくかと思われたのだが、半年前、結婚の前段階として京と一緒に住むため春斗が実家を出ようとしたところ、春斗の妹が猛反発。ついにずっと秘めていた兄への恋心を打ち明け、「おにいが家を出て行くならアタシ死ぬから！」とまで言い出し、同棲は急遽《きゅうきょ》取りやめになった。

春斗は未だに妹を説得できておらず、京は今も蚕《かいこ》とルームシェアを続けている。京が同棲する意思を伝えたことがきっかけで、蚕と愛果《まなか》がお互いの家族に交際を認めさせたため、二人からのさっさと出ていけオーラがつらい。

「フッ、ではこれからは貴様のことを『妹ラノベ主人公』と呼んでやろう。京介《きょうすけ》さんとかマサムネさんでもいいぞ」

「それ完全に妹がメインヒロインになってるじゃねーか！　マジでやめてくれよ！」

伊月の言葉に春斗が本気で焦《あせ》る。

京はそんな彼氏の姿に嘆息し、

「初《うい》さんもちーちゃんも身を引いてくれたのに、まさかここに来て最強の隠しボスが出てくるとは思わなかったわ……。もういっそ妹さんと結婚したら？」

「ちょっ、京ちゃん！　妹のことは絶対なんとかするから！　だから捨てないでください！」

懇願する春斗に京は苦笑し、

「ハイハイ、しょうがないわね……。まあ、20年近くも片想いを続けてきたんだしね……そう簡単にどうにかできることじゃないのはわかるわ」

「ハハ、お前らも片想いの長さには定評があるもんな」

「誰のせいだと思ってんだ！」「誰のせいだと思ってんのよ！」

軽く茶化す伊月に、春斗と京がマジギレ気味にハモった。

「あ、ハイ、すいません……」

俺のせいなの？　と釈然としないものを感じつつも伊月《いつき》は謝り、

「そ、そうだ！　いっそ千尋《ちひろ》と初《うい》さんを春斗《はると》の妹に会わせて説得してもらうのはどうだ？」

「たしかにそれいいかも！」

伊月の提案に京《みやこ》が賛成するも、春斗は「３人が結託してオレを責めてくる地獄絵図しか浮かばないんだが……」と顔を青ざめさせた。

と、そこで、

「千尋ちゃんがどうしたんですか？」

声を掛けてきたのは上品なジャケット姿のイケメン――恵那刹那《えなせつな》だった。

「おお、刹那！　来てたのか」

刹那は穏やかに微笑《ほほえ》み、

「そりゃあ先生の晴れ舞台ですからね。改めて、受賞おめでとうございます」

「なにを言っている。受賞できたのはお前の絵があったからこそだ。これからも俺と一緒に最高の本を作ってくれ」

「もちろんです。これからも宜《よろ》しくお願いします先生」

お互い立派な大人の男に成長した伊月と刹那が、固く握手を交わす。

「ところで先生」

「うん？」

「千尋ちゃんて今、付き合ってる人いるんですか?」

「当分恋愛はいいとか言ってたからいないと思うが……」

伊月はハッとする。

「刹那、お前まさか……!」

「はい」と刹那は頷《うなず》いた。

「お前が千尋と……」

外見も内面も大きく変わり、これからも大いに活躍すること間違いなしのイケメンイラストレーター。今の刹那ならば、千尋に相応《ふさわ》しいかもしれないと伊月は思った。

刹那はさらに落ち着いた声音《こわね》で、

「この数年間ずっと絵のためにいろいろやってきて気づいたんです。やっぱり千尋ちゃんの尻をナマで見たいって。彼女の千年に一人の神ケツを拝むことができれば、自分はさらに成長できます」

「……そのために千尋と付き合いたいと?」

「はい!」

曇りのない澄んだ目をして頷く刹那。

「……千尋のケツ以外には興味はないのか?」

「え?　顔とか性格も普通に好きですよ。でもまあ、メインはケツですね」

「ふざけるな！　千尋《ちひろ》を心から愛してるならともかく、ケツが見たいから付き合うとか言ってるヤツに大事な妹をやれるか！」

握手していた手を振り払い、伊月《いつき》は叫んだ。

「大丈夫ですよ！　ケツ以外もそのうち愛せるようになりますって！」

「そうなってから出直してこい！」

どうやら内面も大きく変わったというのは伊月の勘違いだったらしい。

この男は相変わらず、ケツが大好きなイラストバカだ。

……羽島《はしま》伊月という小説バカのパートナーとして、これほど相応《ふさわ》しい男も他にいない。

㊙

表彰式が始まる時間が近づくと、伊月は春斗《はると》たちと別れ、受賞者用の席に向かった。

他の受賞者たちと並んで席に座り、深呼吸して気持ちを落ち着ける。

と、そのときスマホが震《ふる》え、妻からのメッセージが届いた。

もうそろそろですね。宙《そら》くんや伊月さんのご家族と一緒にＰＣの前で待機してますよ～

――親父や千尋たちまで見てるのかよ……。

ますますプレッシャーがかかる。

そもそも自分の作品が本当にナンバーワンに相応しいのかどうか、疑問でもあるのだ。

ライトノベル部門にノミネートされていた作品の中には、可児那由多《かになゆた》の最新作『どんな星空よりも、どんな思い出よりも』も含まれていた。

伊月の『明日の君さえいればいい。』を読んで、那由多が書き上げた作品である。

その内容はなんと、『明日の君さえいればいい。』の14年後の世界を舞台に、主人公の子供が冒険を繰り広げるというものだった。

自分の小説に対するアンサー的な作品になることはなんとなく予感していたのだが、まさか勝手に人の作品の続編を書いてしまうとは想像もできず、伊月は度肝を抜かれた。

物語を一言で表すなら、『愛の話』である。

男女の愛だけでなく、家族愛、故郷に対する愛、世界に対する愛、見ず知らずの他人に対する愛、母の愛、父の愛、子供への愛、自分への愛、ありとあらゆる愛に触れ、孤独だった主人公が救われる、可児那由多の作品の中で最も優しい物語。

伊月と愛し合い、母になった可児那由多だからこそ書けた、彼女の新境地だった。

GF文庫編集部から出版許可を求められ、伊月は二つ返事で了承。

この傑作《けっさく》を世に出さないという選択肢など絶対にあり得なかった。

可児那由多《かになゆた》の2年ぶりの新作が別作家の作品の続編だったことは多くの人に戸惑いを与えたが、その圧倒的な物語の力により、これまでの彼女の作品同様に、大勢の熱狂的なファンを生み出した。

そして当然のように令和エンタメアワードにもノミネートされたのだが、他の作品の二次創作であるということがマイナスになり、受賞を逃した。

純粋に完成度だけで評価すれば、伊月《いつき》は自分の作品よりも那由多の作品のほうが優れていると思っている。

そもそも、他の数々の素晴らしい人気作品を差し置いて『明日の君さえいればいい。』がグランプリに選ばれたのは、『どんな星空よりも、どんな思い出よりも』の登場によって注目度が跳ね上がり、売り上げも一気に増えたからというのが間違いなく大きい。

長年求めていた、可児那由多に対する初めての明確な勝利ではあるのだが、当の那由多本人のサポートによって勝たせてもらったようなものであり、まったく素直に喜べない。

――めんどくさいな、俺も。

そしてこのめんどくさい性格は、きっと一生直らないのだと思う。

この先も一生、可児那由多を筆頭とする無数のライバルたちに対抗心を燃やし、時には勝って時には負けたりして、魂《たましい》を燃やしながら戦っていくしかないのだ。

なんて楽しくて、なんて面白くて、なんて幸せなんだろう。

表彰式が始まり、やがて伊月の番がやってきた。

ステージに登壇し、プレゼンターから盾を受け取る。

「おめでとうございます」

「……ありがとうございます」

プレゼンターはマンガやラノベ原作の映画やドラマにも数多く出演している人気俳優、高科《たかしな》勇真《ゆうま》だ。伊月が彼と直接対面するのはこれが初めてだった。

――お前が俺の女に横恋慕しやがった男か………めっちゃイケメンじゃん……。

単に容姿が整っているだけでなく、オーラがヤバい。普通に立っているだけなのに圧倒的な存在感があった。この場の主役は自分のはずなのに、彼の隣《となり》に立つと存在が霞んでしまうような気がする。

――これが真のスターの耀きか……。

改めて、和子《かずこ》が彼に奪われなかったのが奇跡だと実感し、伊月の頬《ほお》に冷や汗が伝った。

「では羽島《はしま》伊月先生、受賞に際してお言葉をお願いします」

そう言って勇真がマイクの前を離れるとき、伊月に意味深な笑みを向けた。

――この男、もしかしてまだ和子のこと好きなのでは？

軽く睨《にら》み返し、伊月はマイクの前に進み出る。

コメントの書かれた便箋《びんせん》を開き、ゆっくりとそれを読み上げる。

「えー、このたびは記念すべき第1回のグランプリという栄誉を賜り、身に余る光栄です。応援してくださった読者の皆様、選考委員の皆様、本当にありがとうございます」

型どおりの初めの挨拶《あいさつ》を終え、

「ええと、こういう場所は不慣れで非常に緊張していますが、こんな大勢の前で喋《しゃべ》る機会も滅多にないと思うので頑張って語ろうと思います。

……今ではもう知らない人の方が多いのかもしれませんが、私はデビュー作から4年以上もの間、20冊以上、メインヒロインが妹で主人公と恋愛関係になるという、妹モノ作品ばかりを書き続けてきました」

昔を懐かしみ、噛《か》み締めるようにして伊月《いつき》は語る。

「当時の私は、一生妹がヒロインの作品を書き続け、いつか誰も見たことがない究極の妹を生み出そうと本気で思っていました。

最高の妹モノ小説を書いて、ラノベ業界の、いや、エンタメ業界の天下を獲《と》ってやると思っていました。

そんな私のことを応援してくれる妹モノ好きの読者も大勢いましたし、『妹のすべて』という作品はアニメ化もしています。

……ですが、あるときを境に、私は妹モノをぴたりと書かなくなりました。ある事情でまったく書けなくなってしまったのです。この事情というのは正直ちょっと特殊すぎて、言って

も信じてもらえないと思うので詳しくは言いませんが、まあとにかく、酷《ひど》いスランプに陥ってしまいました」

「兄さん……」

羽島《はしま》家の実家にて。

家族と一緒にネットで生配信を見ていた羽島千尋《ちひろ》は思わず呟《つぶや》いていた。

伊月の『弟』として性別を偽って生きるという、とてつもなく異常な、しかし楽しかった日々が自然と思い出され、温かな涙が浮かぶ。

「思い出すのもしんどい地獄のようなスランプを乗り越えて書き上げたのが、４年前に出した『主人公になりたい』です。タイトルにもなっているこの言葉は、私にとっての原点であり、今もなお自分の根幹にあるものです」

そこで伊月は、スタンドからマイクを手に取り、便箋《びんせん》をその場に捨てた。

「あの馬鹿、ほんとに何かやらかすつもり……？」

「ははっ、さすが先生」

会場の一番前で見守っていた京《みやこ》が冷や汗を浮かべ、刹那《せつな》は愉快そうに笑う。

春斗《はると》は苦笑しながらも、「あーちくしょう、オレがあの場所にいたかったな」と密かに闘志を燃やしていた。

「私が考えるに、『主人公』というのは、なろうとしてなるものではなく、迷いながらも、悩みながらも、己の生き様を世界に問い続けた結果として、いつの間にかなっているものなんだと思います」

会場を睥睨《へいげい》し、ネット中継しているカメラに向かって確信の笑みを浮かべ、

「だから俺は、自分のことをまぎれもなく主人公だと思う」

そう言い放った伊月《いつき》に、会場が一瞬ざわついた。

「……このスピーチを聞いて、もしくはあとで動画で見たりニュースサイトかなんかで読んで、27歳にもなって厨二病かよ、なんて嗤《わら》うヤツもきっといるんだろうな。説教ウゼーとか、ラノベ作家ごときがなにイキってんだよって、冷めた目で見てるヤツもたくさんいると思う。そんな人たちにこそ訊《き》いてみたい。

仮に自分自身を主人公にした小説を読んだとして、お前はその物語を好きになれるか？もしも好きになれないのなら――お前はきっと、変わらなくちゃいけないんだと思う。

いや、お前自身が、本当は変わることを望んでるんだ」

伊月は、この世界のどこかにいるであろう誰かに向かって切々と語りかける。

祈るように、叫ぶように。

自分の言葉がきっと、これを必要としている誰かのところに届くのだと信じながら。

「ククク……伊月お兄ちゃんかっこいい……。……ほんとに、かっこいい」

スマホで配信を見ていた木曽《きそ》撫子《なでしこ》が、憧憬《しょうけい》の眼差《まなざ》しを画面の中の伊月に向け、強く拳《こぶし》を握り締めた。

少なくともここに一人、言葉は届いていた。

「並外れて強くもなければ賢くもなければ優しくもない中途半端な俺たちは、きっと物語に出てくるような正義のヒーローどころか、悪役にすらなれはしないんだと思う。だけどせめて自分くらいは、自分が主人公の物語をちゃんと愛してほしい。愛せる主人公になることを、諦《あきら》めないでほしい」

「やれやれ……やっぱり伊月くんは危なっかしいな……」

夫婦で一緒にネット配信を見ていた海津真騎那《かいづまきな》は、小さく嘆息し、どこか眩《まぶ》しそうに目を眇《すが》めた。

たとえその行動の結果を想像できたとしても、語りたい言葉があって、語ることができる場所があるのなら、語らずにはいられない――それが作家なのだろう。

「そうね。前々から思っていたけれど、伊月《いつき》クンにはどことなく幽《かすか》に似た危《あや》うさを感じるわ」

夫の言葉に、アシュリーは切なげに言った。

「彼は幽の弟子みたいなものだからなぁ……。あいつと同じで読者と小説を愛しすぎている、困った子だよ」

「ええ。……だからアナタが、先輩として、友達として、これからも見守ってあげないとね」

そう言ってアシュリーは慈《いつく》しみに溢《あふ》れた微笑《ほほえ》みを浮かべた。

「ところで今回グランプリに選んでもらった『明日の君さえいればいい。』という作品は、妹モノでもなければ、『主人公になりたい』みたいな方向性の作品とも全然違う、自分の新境地とでも言うべき作品です。

いきなりガラッと作風が変わって、しかもこんなロマンチックな恋愛モノっぽいタイトルなのにエログロバイオレンス全開のバトルファンタジーだったもんだから、出版されたばかりのころはそりゃもう叩《たた》かれました。……正直、けっこうしんどかったです」

「伊月さん……」

画面の中で自嘲《じちょう》的に笑う伊月に、羽島和子《はしまかずこ》は釣られて微苦笑を浮かべた。

彼女の膝の上で、宙《そら》が画面に向かって手を伸ばしながら「おとーしゃん！　おとーしゃん！」と無邪気に呼びかける。

「そうだねー、お父さんいるねー」

愛《いと》しい我が子に語りかけながら、和子は伊月の勇姿を見つめる。

羽島伊月――かつての自分の憧れの人で、憧れの小説家。

今は自分の最愛の夫で、今も一番好きな小説家。

これから先も一生愛し合い、競い合っていく、小説家・可児那由多《かになゆた》の運命の相手だ。


「でもまあ、最終的には大勢の人に受け容《い》れてもらえて、こうして賞までもらえたので、書いてよかったなと思っています」

そこで伊月は、開き直ったような表情を浮かべた。

「えーと、昔からの読者の人、『主人公になりたい』からの読者の人、『明日の君さえいればいい。』から読者になってくれた人、そしてこれから俺の小説を好きになってくれるであろう大勢の人たちにあらかじめ謝っておくけど……。

俺はきっと、これから先も変わり続ける。

その結果、皆さんの期待どおりにならないこともあると思う。

妹モノを書くのをやめたときみたいに、ファンから裏切り者だと思われることもあるだろう。

お前に求めているのはこんな作品じゃないと言われて、傷つくこともあるだろう。

それでも俺はもう、変わることを恐れはしない。

俺はここまで自分が歩いてきた道のりに、何の後悔もない。……いや本当は後悔だらけなんだけど、そういうことにして強がっていきたい。

変わることは、進むことだと思う。

変わり続けることで、進み続けることで、逆説的に浮き彫りになる『これさえあれば』と言えるような揺るぎない何かを、世界に示し続けてやる」

たとえ何万人に嘲笑《ちょうしょう》されようとも、ただ一人だけにでも響けばそれでいい。

未だ見ぬ『君』にさえ届けばそれでいい。

そんな覚悟を込めて、伊月《いつき》は世界中に宣言する。


「見ていろ世界。俺が主人公だ」


熱を帯びた言葉を、世界中の主人公たちにぶつける。

可児那由多《かになゆた》に。羽島千尋《はしまちひろ》に。白川京《しらかわみやこ》に。不破春斗《ふわはると》に。恵那刹那《えなせつな》に。三国山蚕《みくにやまかいこ》に。木曽撫子《きそなでしこ》に。

海津真騎那《かいづまきな》に。八坂《やさか》アシュリーに。土岐健次郎《ときけんじろう》に。神戸聖《ごうどさとし》に。山県《やまがた》きららに。笠松青葉《かさまつあおば》に。相生初《あいおいうい》に。木曽義弘《よしひろ》に。加茂正《かもただし》に。柳ケ瀬慎《やながせまこと》に。和泉颯太《いずみそうた》に。三田洞彩音《みたほらあやね》に。城ケ峰信長《しろがみねのぶなが》に。羽島啓輔《けいすけ》に。羽島棗《なつめ》に。羽島栞《しおり》に。羽島宙《そら》に。八坂優羽《ゆう》に。高科勇真《たかしなゆうま》に。ひるがのまさひこに。垂井宗典《たるいむねのり》に。大島勤《おおしまつとむ》に。乗鞍拓郎《のりくらたくろう》に。朝倉正樹《あさくらまさき》に。山田駆《やまだかける》に。中島鮨太《なかしますした》に。


これまで自分に関わってきたすべての人に。

まだ出逢ったことのない、名前も顔も知らない明日の主人公候補たちに。

言葉よ届けと祈りながら。

自分の言葉が燻《くすぶ》っていた誰かの心に火を付け、新しい炎《ものがたり》のうねりを呼び起こすようにと、大きな希望を込めて。


「……長くなったのでそろそろ最後にします」


すうっと大きく息を吸い込み、果てしなく遠い場所を見据えて。

叫ぶ。


「俺はここにいるぞ！

プロもアマチュアも、芸術家も職人も、天才も凡人も、ファンもアンチも、評論家もネットの有象無象《うぞうむぞう》も、主人公もヒロインも、サブキャラもモブキャラも！　俺のことが好きな奴も嫌いな奴も！　シラけた顔でこれを見ているそこのお前も！　全員まとめて——」

「かかってこい」

完

い喜びです。

かかってこい。

前作の最終巻を全力で書き上げてから間もなく、『妹さえ』の1巻を書き始めた時から、最後の言葉は決まっていました。あらゆる想いを詰め込んだ100万文字の挑戦状、『妹さえいればいい。』、これにて完結です。あなたの心に何か刺さるものがあれば、作者としてこの上ない喜びです。

およそ5年間、全14冊という長丁場でしたが、最初から最後まで特に迷うこともなく順調に進むことができました。とはいえもちろん作者の想定外のことも多々あって、特にアシュリーがこんな重要キャラになるとは思っていませんでした。合コンのあと急に海津《かいづ》や幽《かすか》と知り合いだったと言い出したときは「え、マジで!?」と驚いたものですが、結果的には幸せになってくれて良かったと思います。結婚できないことをギャグとして茶化すのが最近本気で辛くなってきましたし……。

一つ明確に失敗したのは、伊月《いつき》が『妹法《まほう》大戦』と『妹のすべて』の2シリーズを同時に執筆しているのは「『Aなんて書いてないで早くB（他のシリーズ）書け』と言われることがいかにムカつくか」というエピソードを書くための布石だったのですが、伊月の状況があれよあれよという間に大変なことになってしまい、完全にタイミングを逃してしまいました。大変みっともないですが、どうしても伝えておきたいことの一つだったのでここで書かせていただきます。作家にとってはすべての作品が等しく大切な子供であり、この言葉は本当にモチベーションを著しく削ぐだけで、Aのファンにとっても Bのファンにとっても百害あって一利なしですので、できれば（僕以外の作家にも）言わないであげてください。

本シリーズの執筆は自分史上かつてないほど優良進行だったわけですが、これはカントク先生の仕事っぷりがクオリティ・スケジュール両面から見事すぎて、「この人に見捨てられたくない」という気持ちによるものが大きいです。ガガガ文庫の次回作はまだ未定ですが、できればまた一緒にお仕事させていただきたいと思っています。

また、5年間一緒に駆け抜けてきた担当編集の岩浅《いわあさ》さんは仕事だけでなくプライベートも順調なようで、もうじき2人目のお子さんが生まれるそうです。僕は未だに結婚できません。もはやちんこもげろとかヌルいことを言っている場合ではない。担当岩浅のちんこを、俺がもぐ！

２０２０年1月　本当は銀髪美少女じゃない全裸作家・平坂読《ひらさかよみ》

■お知らせ

・前巻のあとがきで『妹さえ』のメディア展開は今回のドラマCDで最後と言ったがアレは嘘《うそ》だったすまない。現在、アマゾンやアップルブックスにて『妹さえ』シリーズのオーディオブック版が好評配信中です。ドラマCDと違って台詞《せりふ》だけでなく地の文やあとがきまで朗読されるので作者的にはかなり恥ずかしいのですが、文字で読むのとはまた違う面白さがありますので、ぜひ聴《き》いてみてください。特に7巻の海津《かいづ》の独白は泣けました。全巻制作予定で、既にシリーズの大半が配信されており、この14巻も近々配信開始されると思います。

・『妹さえ』シリーズのイラストを収録したカントク先生の画集が、この本と同時に発売されています。ぜひイラストを見ながら物語を振り返ってみてください。『妹さえ』の制作秘話などを語った、僕とカントク先生との対談も収録されています。

・目次ページでおなじみのSDキャラを使った、LINEスタンプが発売予定です。僕が自分で使いたいので、ガチで実用性重視で作りました。ぜひとも購入してじゃんじゃん使ってください。

・作中に登場するブランチヒルのモデルの一つである「TOブックス」さんから発売中の、『魔術士オーフェン　アンソロジー』に短編を寄稿させていただいております。『妹さえ』読者の中にも大勢いるであろうオーフェンファンの皆様に楽しんでもらえれば嬉しいです。

・ガガガ文庫ではないどこかからそのうち刊行予定の『〆切前には百合が捗《はかど》る』が、小説投稿サイト『カクヨム』にて一部公開中です（２０２０年１月現在）。時系列的には『妹さえ』１３巻と１４巻の間の時期の話です。「カクヨム　平坂読《ひらさかよみ》」で検索してください。別の作品も気が向けば載せるかもしれません。

※このお知らせを書いている時点では各作品・商品の具体的なスケジュールが確定しておりませんので、ガガガ文庫の公式ツイッターやホームページ、僕のツイッター（@hirasakayomi）などで最新情報をチェックしていただければ幸いです。

次のページから、１４巻本編からさらに約１０年後、羽島宙《はしまそら》や八坂優羽《やさかゆう》、羽島栞《しおり》たちを主人公にした番外編が始まります。お気軽にお楽しみください。

青い小鳥たち

ある朝、羽島宙《はしまそら》が目を覚ますと、隣《となり》に全裸の叔母が寝ていた。

なにその地獄絵図と思われるかもしれないが、宙の年齢は14歳、全裸で寝ている叔母は16歳と、2歳しか離れていない。

2つ違い（誕生日の関係で学年は3つ違う）の叔母——羽島栞《しおり》は、彼女の通う高校でも評判の美少女で、その容姿は彼女の姉である千尋《ちひろ》の高校時代にそっくりだが、胸は千尋と違って人並みにある。さらに姉同様に頭脳明晰《めいせき》スポーツ万能、家事も料理も完璧《かんぺき》。性格は温厚だが芯は強く頼りになり、2年生にして生徒会長を務めている。

当然ながら非常にモテ、昔から男女問わず数え切れないほどの告白をされているのだが、すべて「私、弟を異性として愛してるの」などと言って断っているらしい。

いい迷惑だ、と宙は思う。そもそも弟じゃないし。

飽きるほど見てきた栞の裸《はだか》に、宙はなんの感情も動かさず、無言で彼女の柔《やわ》らかな胸とお腹に手を触れ、力を込めて押し出す。

ごろん、と栞は布団《ふとん》ごとベッドから転げ落ちた。

「ぐぇっ」

カエルのようなうめき声を上げ、栞が目を覚ました。

「ひどいよぉ宙くん……」

涙目で唇《くちびる》を尖《とが》らせる栞に、宙は冷ややかな目を向け、

「ひどくない。なんで人のベッドで寝てるんだ」

「えっとねー、寝てる宙くんのおっぱいを舐《な》めてたらそのまま寝ちゃったみたい」

「この変態！」

宙が全力で投げた枕を、栞はぽふっと片手で軽くキャッチした。宙の腕力が弱いのではなく、栞の身体能力がおかしいのだ。

「くっ……」

悔しげに呻《うめ》き、宙が自分の乳首のあたりを手で確認してみると、たしかに微妙に湿っていた。パジャマのボタンも全部外されている。寝ていて気づかなかったのが不覚だ。

この叔母は、ことあるごとに宙の乳首を舐めてくるという頭のおかしい性癖がある。両親の話によれば、昔は宙だけでなく老若男女《ろうにゃくなんにょ》誰彼かまわず乳首を求めていたらしいのだが、宙が小学校に上がったころには宙の乳首だけを執拗《しつよう》に狙《ねら》う甥《おい》乳首ハンターになっていた。

「この枕、宙くんの匂いがする……」

投げつけた枕を抱きしめ、栞が愛《いと》おしげに匂いをかぐ。

「や、やめろ気持ち悪い！」

慌《あわ》てて宙《そら》が枕を奪い取ると、栞《しおり》は立ち上がり、

「さてと、それじゃ私、そろそろ朝ご飯作るね。宙くんの大好きなハンバーグを愛情とか色々たっぷりこねこねしてあげる」

「余計なものは捏《こ》ねなくていいから」

宙の両親は共に人気作家で、サイン会やら取材やらにかこつけて夫婦揃《そろ》って家を空けることがよくあり、今は世界一周旅行に出かけている。そんなときは、近所にある父方の実家に住んでいる栞が宙のために食事などを作りに来るのだ。

美しい尻をぷりぷりと振りながら栞が部屋を出ようとしたそのとき、

「ソラ！　このワタシが朝の性欲処理に来てあげたわよ！」

突如部屋のドアが勢いよく開かれ、一人の少女が姿を現した。

艶のある長い黒髪が印象的な、ゴスロリ風のドレスを纏《まと》った小柄な少女。

八坂優羽《やさかゆう》、１４歳。

宙とは生まれたときからの幼なじみで、中学も同じである。

笑顔で登場した優羽は、ドアを開けた瞬間に視界に飛び込んできた全裸に顔を引きつらせる。

「あ、あら……来ていたのね、オバサン」

「おはよう、優羽ちゃん」

栞が優羽に微笑《ほほえ》むと、優羽は挑発的な口調で、

「おはようございます、オバサン」

「……叔母さんじゃなくて『お姉さん』だよ？」

「なにを寝言を言っているのかしら。アナタは正真正銘ソラのオバサンでしょうに」

やんわりと訂正を求める栞を、優羽は鼻で笑い、

「くふふっ、ソラのお姉さんはこのワタシだけで十分なのだわ」

宙の誕生日は5月17日で、優羽の誕生日は5月14日。わずか3日ほど早く生まれただけなのに、昔から優羽は宙に対してお姉さんぶってくる。

「優羽ちゃんこそ血の繋《つな》がりもないただの他人じゃない！」

「くふふ、そのとおり！　血の繋がりがないワタシは、ソラと合法的に結婚できるの！　違法幼なじみは黙って道を譲るがいいのだわ。ワタシはこれからソラとセックスをするのだから！」

「しねえよ」

宙は疲れた顔でツッコんだ。

「優羽ちゃん……昔はあんなに可愛《かわい》かったのに……。『しーねーみたいになりゅー』って言って、いつも私のあとをくっついて来てたのに」

嘆く栞に、宙は心の中で「優羽はある意味しー姉みたいになってるだろ……痴女に」と呟《つぶや》く。

羽島《はしま》家と八坂家は昔から宙の父方の実家を含めて家族ぐるみの付き合いをしてきたので、栞と優羽も昔からの幼なじみである。

自分の乳首を狙《ねら》ってくる自称お姉さんの叔母と、自分の貞操を狙ってくる自称お姉さんの幼なじみ。宙《そら》からすればどちらもただの変態だ。

「昔のことなどもう忘れたわ！　今のワタシはソラの性欲処理係！　さあソラ、ペニスを出しなさい！」

「優羽《ゆう》ちゃんみたいなビッチに宙くんは渡さないんだから！　宙くんのおちんちんは私が守る！」

「全裸のオバサンにビッチ呼ばわりされる謂《い》われはないのだわ！」

「私と宙くんはお互いに裸《はだか》を見せ合っても平気な関係なの。なぜなら愛があるから！　裸も見せずにおちんちんだけ手に入れようなんて、優羽ちゃんにとって宙くんが性欲の対象でしかない証拠だね！」

「わ、ワタシだってソラに裸くらい見せられるわ！」

おもむろに服を脱《ぬ》ぎ始めた優羽に、宙は「やめろアホ」と枕を投げつけた。

「ぎゃぶっ！　うぅ～……ひどいのだわソラ……」

枕が顔面に直撃し、優羽は涙目になった。栞《しおり》と違って優羽は運動音痴なのだ。

「でもこの枕、ソラの匂いがするのだわ……クンカクンカ……」

「だからやめろ気持ち悪い！」

愛《いと》おしげに枕の匂いをかぐ優羽から、宙が枕を奪い取ろうと近づいたそのとき、

「朝っぱらからうるせぇぇぇぇぇぇぇぇぇぇぇぇぇ!!」

鬼のような形相で、さらに一人の女が宙の部屋に怒鳴り込んできた。

青い目の下には酷《ひど》いクマができており、長い金色の髪は脂ぎってボサボサに乱れているが、顔立ちそのものは非常に整っている。

服装はホットパンツにチューブトップ、長身巨乳でスタイル抜群の、やさぐれた雰囲気の金髪美女。

木曽撫子《きそなでしこ》、26歳。

宙の両親である作家の羽島伊月《はしまいつき》・可児那由多《かになゆた》夫妻の弟子で、高校時代にデビューして10年近くプロとして活動しているライトノベル作家でもある。

作家を続けることを両親や祖父から反対された彼女は、5年前に実家を飛び出してこの家に転がり込み、自分の作品を書く傍ら、伊月と那由多のアシスタントをしている。なお、家事や料理はまったくできない。

「なでこちゃん、起きてたの?」

栞が意外そうに言った。撫子はどんよりした顔で、

「三徹して原稿上げて、ようやく今から寝るとこだったんだよ馬鹿野郎。なのに隣《となり》でギャーギャー騒ぎ始めやがってクソガキどもが……」

撫子《なでしこ》が居候している部屋は、宙《そら》の部屋の隣《となり》である。

ちなみにこの家は羽島《はしま》夫妻が7年前に購入した豪邸で、家族それぞれの部屋や客間のほか、漫画だけの部屋、小説だけの部屋、フィギュアだけの部屋、父の作品グッズ置き場、母の作品グッズ置き場、幼い頃に宙が両親にプレゼントした似顔絵や肩たたき券の展示室など贅沢に使っているにもかかわらず、まだ部屋が余っている。最後の部屋は早くどうにかしたい。

「ごめん撫子」

宙が謝ると、

「宙くんが謝る必要はないよ！　悪いのは全部私！　お姉さんなのにはしゃいじゃった私に責任があるの」

「いいえ、ワタシが悪いのだわ！　全裸の破廉恥《はれんち》オバサン相手にムキになってしまって、大人げなかったのだわ」

宙を庇《かば》うことでポイントを稼ごうとする栞《しおり》と優羽《ゆう》に、撫子はうんざりした顔で、

「どーでもいいから朝から騒ぐんじゃねえ。それじゃおやすみ」

「おやすみー。あ、お昼用に何か作っておこうか？」

「あー、じゃあ頼む」

栞の言葉にそう答えて、撫子は自分の部屋に戻っていった。

「さてと、宙くんのために愛を込めて朝食の支度《したく》しなくちゃ。宙くん、はやく着替えて来てね」

「まずは自分が服を着ろ」

にこやかに言う全裸の栞に、宙は半眼でツッコんだ。

「わ、ワタシも手伝ってあげるのだわ」

栞と優羽も部屋を出て行き、宙は小さく嘆息してベッドから起き上がる。

両親が家にいない日の羽島家の朝は、大体いつもこんな感じだった。


着替えて顔を洗ってダイニングに行くと、全裸の上から服を着ている栞と優羽が朝食の準備を済ませて待っていた。

椅子《いす》に座り、３人で食事をはじめる。

メニューは大盛りのライスに大きなハンバーグ、目玉焼き、サラダ、ポタージュスープ。

朝からガッツリだが宙も栞も食べ盛りなので毎朝これくらいは平気で食べられる。優羽は既に家で朝食を済ませてきたらしく、サラダの大皿からレタスを一枚だけ取ってモソモソと囓《かじ》っている。

昨今の一般家庭の朝食は、安価で手間もかからず味も腹持ちもいい完全栄養食が人気になっているのだが、羽島家の食卓ではほぼ毎朝誰かの手料理が並ぶ。宙も栞ほど得意ではないがそれなりに料理はできるし、両親は二人とも暇を見つけては凝った料理を作りたがる。なんでも、小説と違って料理は短時間で成果が出る上にその成果物を自分で楽しめる（食える）ので、小説家の趣味としては最高らしい。羽島《はしま》家のキッチンは広々としたアイランドキッチンで、複数人で一緒に料理するのも余裕である。

「あ、お姉ちゃんだ」

不意に食事をする手を止めて、栞《しおり》が言った。

栞の視線の先を追うと、リビングのスクリーンで流れているニュース番組に、彼女の姉で宙《そら》のもう一人の叔母である羽島千尋《ちひろ》の姿が映っていた。

「ほんとだ」と宙。

「ちー叔母さん、いつ帰ってくるんだっけ？」

「さあ？」と栞が小首を傾《かし》げる。

宙の身近の人々には、両親や撫子《なでしこ》、優羽《ゆう》の父で人気作家の海津真騎那《かいづまきな》、パンツマンガ先生こと三国山蚕《みくにやまかいこ》、出版エージェント会社の名物社長・白川京《しらかわみやこ》、俳優の高科勇真《たかしなゆうま》など錚々《そうそう》たる有名人が多いのだが、その中でさえ断トツの知名度を誇るのが千尋である。

羽島千尋、３４歳。

職業——宇宙飛行士。

若くして数々のミッションをこなしてきた彼女は、その美貌《びぼう》も相まって今や世界的な有名人であり、去年彼女が出版した自伝は、羽島伊月《いつき》や可児那由多《かになゆた》の最大のヒット作を遥かに超えるベストセラーになった。その本の中で初めて明かされた、かつて兄やその友人たちの前で男のフリをしていたというエピソードも大きな話題となり、一時期は実家にまでマスコミがやってくるほどだった。

彼女は2か月ほど前からＩＳＳ《国際宇宙ステーション》に滞在しており、先の宙の言葉は「いつ（地球に）帰ってくるんだっけ？」という意味である。

「相変わらずすごいなー、お姉ちゃん」

無重力の中でくるくる回り笑顔で手を振っている姉の姿を見ながら、栞はどこか面白くなさそうに呟《つぶや》いた。

朝食を食べ終え3人で食器を洗ったあと、栞は最近流行《はや》っている安全性や環境への配慮がバッチリのハイテク二輪車で高校へ。宙と優羽は徒歩で中学校へ向かう。

家を出て数分で、周囲に同じ学校と思われる少年少女の姿が増えてくる。

全国の学校で制服の廃止・自由化が進むよりずっと前、それこそ叔母の千尋が通っていた時代から、2人の通う中学には制服がない。よって生徒たちは全員私服なのだが、快適さを重視したラフな服装の生徒が多いなか、優羽《ゆう》の気合いの入ったコスプレのようなドレス姿は目立っていた。

小柄で整った顔の優羽がドレスを着ている姿はまるで可愛《かわい》い人形のようで、彼女と宙《そら》が一緒に歩いていると、たまに「なんでこんなのが……」とか「釣り合ってないね」みたいな嫉妬《しっと》混じりの囁《ささや》きが耳に入ってくることがある。

そんなネガティブな言葉を向けられている対象は、宙ではなく、専《もっぱ》ら優羽の方である。

誰が見ても可憐《かれん》な美少女である優羽に向けて、他人が「こんなの」とか「羽島宙に対して、釣り合ってない」などと言う理由は一つ。

羽島宙《はしまそら》が、そんじょそこらの美少女では釣り合いが取れないレベルの超美少年だからだ。

母譲りの輝《かがや》く銀髪と澄んだ青い瞳《ひとみ》。

凛々《りり》しさと柔和さを併せ持つ中性的な顔立ち。

声は幼少期は金元寿子《かなもとひさこ》似の可愛い声だったが、少し前に変声期を迎えて小林裕介《こばやしゆうすけ》似のイケボになった。

モデルや芸能事務所にスカウトされたのも一度や二度ではない。

叔母の栞《しおり》が告白されたとき「私、弟を異性として愛してるの」などと言っても、引かれるどころか「あの弟なら無理もない」と普通に納得されてしまう。

少女漫画の王子様が現実世界に飛び出してきたかのような容貌《ようぼう》に加え、両親は共にカリスマ的人気を誇るベストセラー作家で豪邸住みの金持ちで、叔母は宇宙飛行士の羽島千尋《ちひろ》。羽島宙は、生まれながらにして特別な存在なのだった。

「なんでこんなの」「釣り合ってない」「なにあのチビ」「あの程度で」「変な格好」

……宙の耳にときおり入ってくるネガティブな言葉は、当然ながら隣《となり》を歩く優羽の耳にも聞こえているが、彼女はそれに対して眉《まゆ》一つ動かさず、むしろ見せつけるように宙の腕をとり、身体《からだ》を寄せて歩く。

宙と親しくしていることで、優羽は学校でたびたび中傷や嫌がらせを受けてきた。中にはかなり悪質なものもあったのだが、それに対して優羽は徹底的に反撃し、ハイテク機器や親の仕事の関係で知り合いだった弁護士や探偵の力も躊躇《ちゅうちょ》なく借り、いじめの主犯格を逆に不登校にまで追い込んでしまった。

「マジでやべーやつ」との風評を得て以降、優羽に直接嫌がらせをしてくる者はいなくなり、遠巻きに悪態をつくに留まっている。

そして宙は、そんな「やべーやつ」に彼女面させておくことで、自分に寄ってくる相手への防波堤としていた。

幼なじみの優羽のことは嫌いじゃないが、どうしても恋愛対象としては見られない。

本当は誰かと恋愛だってしてみたいけど、自分と付き合ったらその相手がかつての優羽のような目に遭うことは間違いない。

だから、このメンタルが強い幼なじみと付き合っているフリをする。

優羽《ゆう》もまた、宙《そら》が自分に恋愛感情を持っていないことを知りながら、「自分のせいで誰かを傷つけたくない」という宙の気持ちを利用して側にいる。

二人の関係はひどく歪《いびつ》だった。

普通の青春がしたい、と宙は常々思っている。

特別な存在になんて生まれたくなかった。

十人並みの容姿に生まれ、大活躍することもいじめられることもなく、普通の友達と遊んで、クラスで5番目くらいに可愛《かわい》い女の子と付き合うような、そういう全然ドラマチックじゃない青春がしたい。

両親が書いている小説のような学園ラブコメや青春ドラマの主人公になんて、なりたくはないのだ。

放課後になると、宙は大抵いつも部室で過ごす。

宙が入っているのは文芸部で、宙が羽島伊月《はしまいつき》と可児那由多《かになゆた》の息子だと知った部員から勧誘され、籍を置くだけでもかまわないとのことだったので入部した。

部員数は6人で、普段は各自好き勝手に本を読んでいるか雑談しているかゲームをしているかという緩《ゆる》い部活である。その緩さが心地《ここち》よくて、当初は幽霊部員になる気満々だった宙も毎日顔を出している。

宙が入部すると当然のように優羽も一緒に入ったのだが、他の部員が全員大人しい男子なので、彼女も部室では気を張ることなくまったり読書をしていることが多い。

今日もいつものように、部員の一人とハイテク技術の使われた最新アナログゲームで遊んでいたところ、

「し、失礼します……」

怯《おび》えたような小さな声とともに部屋の扉が開かれ、一人の女子生徒が入ってきた。前髪が長く、目が完全に隠れている。

上履き用のサンダルの色から、3年生だと判った。この中学に制服はないが、校舎内では学年別に色分けされたサンダルが必須で、ラフな格好の生徒が多いのはそれが理由でもある。便所スリッパと大差ない単色のゴムサンダルでは、コーディネートにどうしても制限がかかってしまうのだ。優羽も当然ながら今はサンダルを履いており、常々文句を言っている。

それはさておき、入ってきた女子に宙や部員たちが訝《いぶか》しげな視線を向けると、

「あ、あのう……こちらに羽島宙という人はいますか？」

彼女の言葉に、優羽が一瞬で警戒モードに入った。

「なんのご用なのかしら？」

相手が先輩だということも気にせず前に進み出て、刺々《とげとげ》しい視線を向ける優羽《ゆう》に、女子生徒は、

「あっ、あなたが羽島宙《はしまそら》さんですか？」

「ええ!?　ち、違うわ」

想定外の反応に優羽が動揺する。この学校に、羽島宙の顔どころか性別すら知らない生徒がいるとは思わなかった。

「羽島は僕ですけど」

宙が立ち上がって言った。すると女子生徒は小走りに宙へと近づいて、

「わ、わたし、演劇部の三田洞楓《みたほらかえで》と言います。羽島くんにお願いがあって来ました」

「演劇部……」

宙は少し顔をしかめる。

演劇部には以前勧誘され、断った記憶がある。目立たない青春を送りたいのに、演劇なんて絶対に御免だ。

「……お願い、というと？」

半《なか》ば答えを予想しつつ宙が訊《たず》ねると、

「わたしたちの演劇の脚本を書いてくれませんか!?」

れた。

「すみませんが――え？」

てっきりキャストとして舞台に出てくれと頼まれると思っていた宙は、楓の言葉に虚を突か

「脚本、ですか？」

「は、はい！　今度の大会で上演する劇の脚本を、あなたに書いてほしいんです」

「な、なんで僕が？」

「コンクールで入賞した羽島くんの戯曲《ぎきょく》を読みました」

「ああ……」

そんなのあったな、と宙は思い出す。

2年生になって間もなくの頃、部の活動実績を作るために部員みんなで自治体が主催する中学生文芸コンクールに応募したことがあった。

小説、詩、戯曲、随筆、短歌、読書感想文などの部門があり、宙は戯曲部門に応募し、最優秀賞に選ばれた。

生徒：戯曲ってなんですか？

先生：戯曲とは、演劇の上演のために執筆された脚本や、上演台本の形で執筆された文学作品のことで、記述形式に厳密な決まりはないけど、大抵はこんな感じで書かれているよ。オーデ

イオブック版を聴《き》いている人は意味がわからないだろうがすまない。
生徒：たしかシェイクスピアの作品はどれもこんな感じですよね。
先生：彼は劇作家だからね。あと、テーブルトークRPGのリプレイも伝統的に戯曲《ぎきょく》形式で表現されることが多いんだ。本編の『クロニカクロニクル』もその伝統に則《のっと》っていたね。
生徒：あれ、読み慣れてない人たちからは「読みにくいからやめろ」とか散々文句を言われていたみたいですね。
先生：うるせえバカぶっ殺すぞ。

出版社主催の新人賞ではないのでコンクールの参加人数は非常に少なく、特に戯曲部門の応募総数は20作品にも満たなかったはずだ。ちなみに最優秀賞の賞品は図書カード3000円分。受賞作品も自治体のホームページのわかりづらい場所にひっそりと公開されているだけで、存在意義のよくわからないコンクールだった。

「あれ読む人いたんですね……」

驚き半分呆《あき》れ半分で言う宙《そら》に、

「あの作品、とても素晴らしかったです。キャラクターがみんな生き生きしていて、あちこちに張り巡らされた伏線が終盤で一気に回収されたのは本当に感動しました」

真剣な声音《こわね》で言われ、宙は「そ、そうですか」とまごつく。自分の容姿ではなく、存在すら忘れていた自分の作品を面と向かって褒《ほ》められたのは初めてだった。

「だからぜひ、私たちのために脚本を書いてほしいんです！」

「ちょっとアナタ！　ソラのマネージャーのワタシを差し置いて勝手に話を進めないでもらえるかしら！」

口を挟んできた優羽《ゆう》に、「いつからマネージャーになったんだよ」とツッコみつつ、

「……ちなみに先輩、羽島伊月《はしまいつき》と可児那由多《かになゆた》っていう小説家は知ってますか？」

すると楓《かえで》は首を傾《かし》げ、

「ごめんなさい、わたし小説って全然読まないので……」

その答えに宙は「そうですか」と小さく笑い、

「べつに、脚本書いてもいいですけど。暇だし」

役者ではなく脚本なら、目立つこともないだろう。

「ほんとに⁉　ありがとう！」

宙の答えに楓は声を弾ませて、勢いよくお辞儀をする。そのとき彼女の長い前髪が揺れて、隠れていた顔の上半分が見えた。

彼女の素顔はお約束どおりの凄《すご》い美少女——というわけではなくいたって平凡な顔立ちだったが、強い光を宿した瞳《ひとみ》がとても印象的に思えた。

楓《かえで》の依頼を引き受けた宙《そら》は、とりあえず参考に去年の文化祭で上演した劇の映像を見せてもらうことにした。

演目は『走れメロス』をSF風にアレンジしたものらしく、登場人物の衣装はスターウォーズとドラゴンボールのコスプレグッズだった。

市販品ではなく手作りであろう大道具や小道具などは贔屓目《ひいきめ》に見てもチープで、ストーリーはほとんど原作そのままで世界観を変えた意味が薄い。

キャストの演技力も総じて普通――しかし、主人公のメロスの芝居だけは、素人《しろうと》の宙の目から見ても、他と比べて突出しているのがわかった。

声の張り、情感、身体《からだ》の動き、どれをとってもレベルが高く、ライトセーバーを使った殺陣《たて》も非常にサマになっている。

「……可もなく不可もない、ごく普通の中学生演劇といったレベルかしら。でも、メロス役のお芝居だけは褒《ほ》めてあげてもいいのだわ」

「なんで上から目線なんだよ」

一緒に観ていた優羽《ゆう》の感想にツッコみつつ、

「でもまあ、僕も同感かな。主役の人は凄《すご》くいいと思う」

宙の言葉を聞いて、楓が少し頬《ほお》を赤らめた。

「あ、ありがとう……」

「？　どうして先輩が照れるんですか？」

すると楓は小首を傾《かし》げ、

「あ、あれ？　気づいてない？　メロス役、わたしなんですけど……」

「え？」

宙と優羽が驚き、画面の中の主役と楓の姿を交互に見比べる。

メロス役の役者のことを、宙は完全に男だと思っていた。たしかに声はやや高めだが、声変わり前の男子なら特に違和感もない。張りがあってよく通る声で、楓のどこか弱々しい喋《しゃべ》り方とはまるで違って聞こえる。

声だけでなく体格も違う気がする。目の前にいる先輩より、画面の中のメロスのほうが一回りほど大きな印象があるのだ。

「ちょっと失礼」

優羽が楓の前髪を手でかきあげた。

宙は露《あら》わになった彼女の顔と、主役の顔を見比べる。

恥ずかしそうに視線を下に向けている楓と、凛々《りり》しい表情で真っ直《す》ぐ前を見据えているメロスは、印象はまるで違うがたしかに同じ顔をしていた。

「え、本当に先輩がメロス？」

なおも半信半疑で宙《そら》が確認すると、
楓《かえで》は蚊の鳴くような声で「ほ、本当です……」と頷《うなず》いた。

「……こんなに変わるものなんですね。凄《すご》い」

素直な賞賛が自然と宙の口を突いて出る。

この先輩は、もしかしたらとんでもない才能を持っているのかもしれない。

会ったばかりの彼女に、宙は強く興味を惹《ひ》かれるのだった。


楓が文芸部の部室を退室したあと、宙はタブレット（学校支給品。第3世代のiPadProと大体同じくらいの性能）のフリーメモアプリを立ち上げ、さっそく脚本の構想を練り始めた。

父がたまにやっている一人ブレインストーミング形式で、とにかく思いついたキーワードやアイデアを何でも書き出していき、特に使えそうなネタにマルを付けたり、組み合わせると面白くなりそうなネタ同士を線で繋《つな》いだりする。

キャストは楓を含めて男子4人、女子5人。去年は3年生のキャストが一人もいなかったので、先ほど見た舞台のキャストは全員残っている。

希望の世界観はファンタジー。ストーリーは既存の物語をアレンジするのではなく、完全オリジナル脚本。物語の方向性は宙に一任だが、ハッピーエンドがマスト。

背景はホリゾントに写真やCGを投影するので基本的には制限なし。

ステージエフェクトはスモークマシンが使用可能。火、シャボン玉、紙吹雪などはNG。

衣装は服飾部の協力を取り付けてあり、よほど大量でない限り対応できるらしい。文化祭でのSFメロスの衣装は、閉店したコスプレショップの知り合いに譲ってもらったもので、新しく衣装を借りることはできない。

大道具・小道具はあまり凄いものは作れないが、できる限り頑張るとのこと。

「……やっぱり三田洞《みたほら》先輩の演技力を最大限活かす方向かな。だとすると俺TUEEE系？とはいえ人数に限りがあるし派手な演出もできないから――」

ブツブツ呟《つぶや》きながら考えをまとめている宙に、

「随分と張り切っているのね」

「……いや、別にそんなことないけど」

優羽《ゆう》の言葉を、宙は努めて淡々と否定した。

「ソラ、本当はずっと物語が創りたかったんじゃないの？」

「そんなことないけど。単に暇だったから引き受けただけ」

再度否定した宙に、優羽は小さく苦笑を浮かべ、

「まあ、そういうことにしておいてあげるのだわ」

「だからなんで上から目線なんだよ……コンクール選外だったくせに」

宙《そら》の言葉に優羽《ゆう》は唇《くちびる》を尖《とが》らせ、

「俳句部門は戯曲《ぎきょく》と違って応募数が多かったから仕方ないのだわ」

たしかに優羽の応募した俳句部門が件《くだん》のコンクールの中で最も応募数が多かったのは事実なのだが、

「……仮にアレ一作しか応募がなかったとしても絶対に選外だったと思うぞ」

「なぜ？　『恋すれば　バナナに見える　おちんちん』——好きな人のペニスなら甘いバナナのように思わず口に入れたくなるという、女の子の恋する気持ちが見事に表現された素晴らしい句なのだわ」

「改めて聞くとやっぱり酷《ひど》すぎる……」

「バナナという季語も入っているし……やっぱり選外だったのは何かの間違いとしか思えないのだわ……。それとも第2候補の『ソラくんの　ペニスちゅぱちゅぱ　しゃぶりたい』の方がよかったのかしら。学生の俳句だから無季俳句より伝統に則している方が審査員受けがいいと考えたのだけれど……」

「季語の問題じゃねえよ」

首を捻《ひね》る優羽に嘆息しつつも、少なくとも自分には、自分の恋心をそのまま作品に表現するなんてことはできないなと宙は思う。

創作なんてろくなもんじゃない。

自分の心の中を大勢の人の前で赤裸々にさらけ出すなんて、両親をはじめ世の中のクリエイターたちはきっとみんな頭がおかしいのだろう。


それから2週間後の夜。

「な　ん　な　ん　だ　よ　あ　い　つ　は〜〜〜ッ!!」

自宅の風呂場にて、宙は思わず叫んでしまった。

楓《かえで》からの依頼を受けて3日後、宙が寝る間も惜しんで書き上げた脚本は、彼女に「なんかイマイチだと思いました」とあえなく却下された。

まあ、実際の上演を想定した作品を書いたのは初めてだったから勝手がわからなかった部分もある……そう納得してさらに3日後に書いた脚本も、楓の評価は芳《かんば》しくなかった。

三度目の正直と、脚本の書き方を本やウェブサイトなどで勉強して、今日の放課後、満を持して書き上がった脚本を楓に見せたところ、「これまでで一番つまらないと思いました」という容赦ない感想。

「もうやってられるか！」と脚本の仕事を降りようと思ったのだが、楓《かえで》が悲しそうな顔をしたのでもう一度挑戦することにした。

しかし、家に帰って脚本を書いていると理不尽に自分の作品を否定された憤《いきどお》りが蘇《よみがえ》ってきて、こうして風呂場でも荒ぶっているというわけである。

「なにを叫んでるんだ？」

そう言いながら浴室に入ってきたのは全裸の撫子《なでしこ》だった。相変わらず寝不足らしく、目の周りにはクマができている。

羽島《はしま》邸の風呂は広いので、両親も撫子も栞《しおり》も、宙《そら》が入浴中だろうと気にせずに入ってくる。

栞はともかく、抜群のプロポーションを誇る撫子の裸《はだか》は少しだけドキドキする。

「なんでもない」

撫子から目を逸《そ》らし、宙は不機嫌な声で答えた。

シャワーを浴び、撫子が宙と向き合うように浴槽に入ってくる。

「ハァ〜さっぱりした。……そういや宙、最近なんか書いてるんだって？」

「まあ、ちょっと」

撫子の胸に引き寄せられそうになる視線を誤魔化《ごまか》しつつ、宙は努めて淡々と答えた。

「もしかして小説か？」

「違うよ。劇の脚本。演劇部の部長に頼まれて」

「なんで宙《そら》がそんなこと頼まれるんだ?」

「僕がコンクールで賞獲《と》った戯曲《ぎきょく》を読んで感動したんだって」

「あー、アレか。アレはたしかにめっちゃ面白かったからなー」

プロの作家である撫子《なでしこ》に褒《ほ》められ、宙は顔を赤らめる。

「そ、そう? 撫子から見ても良かった?」

「ああ。やっぱ師匠たちはすげーなーって思ったよ」

その言葉に、宙の顔が強ばった。

宙が書いた戯曲は、中学1年生のときに遊んだTRPGのセッションがベースとなっている。

ゲームは『グランクレスト』。マスターは宙で、プレイヤーは羽島伊月《はしまいつき》、羽島和子《かずこ》、不破春《ふわはる》斗《と》、海津真騎那《かいづまきな》の4人だった。

「……シナリオを作ったのは僕なんだけど」

「あらすじだけはな」

不機嫌な声で言った宙に、撫子は皮肉っぽく笑い、

「TRPGは基本的にマスターの作ったシナリオに沿って進むが、その内容はプレイヤーとのやりとり次第で全然違うものになる。いわばマスターとプレイヤーが一緒になって物語を作っていくってことだ」

「……でも、あのときはほとんど僕の想定通りにシナリオが進んだんだよ」

「そりゃお前、師匠たちがシナリオを先読みして、展開が大きく変わるような行動を自重してたからさ。オマケに今後の展開が盛り上がるように、さりげなく台詞《せりふ》で伏線張ったりしてたしな。……要するにあのセッションは、マスターのお前が気持ちよく遊べるように、一流作家4人が全力で接待プレイをしてたんだよ。そんなもん、誰がマスターやったって面白くなるに決まってんだろ」

撫子の言葉に、宙は愕然《がくぜん》とする。

楓《かえで》が褒めていた生き生きしたキャラクターも、周到な伏線も、すべて自分ではなくプレイヤーである両親たちの力によるものだったのだ。

「……っ」

羞恥《しゅうち》で顔が赤くなり、目の奥が熱くなる。

宙の様子に撫子は慌《あわ》てて、

「ま、まあシナリオ自体も中学生が考えたにしてはよく出来てたと思うぞ」

「取って付けたような慰《なぐさ》めはいらない」

「あっそ」と撫子は苦笑し、

「で、これからどうするんだ？」

「どうするって？」

「脚本。書き続けるのか？」

「先輩の求めるクオリティのものを書くのは絶対に無理なことがわかったんだから、諦《あきら》めるしかないじゃないか……」

絞り出すように答えた宙《そら》に、撫子《なでしこ》はあっけらかんとした口調で、

「そう？　書きたいなら書き続ければいいじゃん」

「そんな気楽に……」

「世の中に絶対に無理なんてことはない。諦めずに進み続ければいつか突破口が開けることもあるさ。……あたしが言っても説得力ないだろうけど」

撫子は自嘲《じちょう》的な笑みを浮かべた。

10年近くプロの作家として活動を続けている木曽《きそ》撫子だが、彼女の作家としての評価は中の下、もしくは下の上といったレベルである。

高校時代にとある新人賞の一番ランクが低い賞に引っかかってどうにかデビューを果たしたものの、本来なら10年もやっていけるような実力はない。

それでも業界に食らいついていくために、撫子は自分の作品以外のものを使っている。

その容姿を活かして自撮りやコスプレ写真をSNSにアップし、動画配信を行い、同人イベントなどにもコスプレで参加し、やがて「可愛《かわい》すぎるラノベ作家」としてテレビにまで取り上げられた。

本を出すたびにサイン会や握手会、撮影会まで行い、売れ行きは上々。しかし内容の評価は

軒並み低い。撫子の小説は、ただのファンアイテムとして消費されていた。

実力の伴《ともな》わない人気に、当然ながらアンチも多く発生し、カスタマーレビューは荒らされ、ネットに写真や動画を投稿するたびに誹謗中傷《ひぼうちゅうしょう》のコメントが付く。

そんな状況に、実力派作家として名高い祖父の木曽義弘《よしひろ》や両親は、撫子が作家を続けることに反対し、ついには家を飛び出して羽島《はしま》夫妻に弟子入りするに至った。

羽島夫妻の撫子に対する評価は、「地頭がいいので資料集めなどをさせると非常に役に立つし、筆が速くノベライズの仕事や内容がカッチリ決められたゲームやアニメのシナリオではそこそこ優秀。オリジナルは全然ダメ」。

それでも撫子は、毎日細々した仕事をこなしコスプレ写真を撮る傍ら、オリジナルの小説を書き続けている。

「……撫子は、どうしてそんなに頑張ってるの？」

才能もないのに。

口を突いて出そうになったその言葉を、宙はどうにか飲み込んだ。

すると撫子は深くため息をついたあと、どこか懐かしそうに、

「そうだなぁ……我も『主人公になりたい』って思っちゃったから、かな」

「……」

宙の知り合いの大人たちは、たまにこういう眼をする。

周りの人間の迷惑も心配も顧みず、時には家族すらも蔑《ないがし》ろにして自分の目指す何かを真正面に見据えて進み続ける、人でなしの眼だ。

主人公になりたい。

父の出世作のタイトルでもあるその言葉が、宙《そら》は本当に嫌いだった。

風呂から上がったあと、宙はこれが最後だと思って脚本を最初から書き始めた。

これまでは楓《かえで》が主役をやるという前提の当て書きで、他の登場人物は主人公の引き立て役、必要なセットはなるべく少なくなるように……などと配慮していたのだが、そういうのを全部やめて、開き直って自分の思いつくまま書きたいように書いた。

どうせ自分には両親のように上手《うま》く物語を創る能力なんてない。

だったら上手く書くことなんて放棄して思い切りクソなものを書いて、楓には見込み違いだったのだと諦《あきら》めてもらおう。

内容は、ファンタジー世界の魔法学校を舞台にした青春群像劇。

主人公は年齢も性別も異なる5人の魔法使いで、他にも出番が多い重要キャラが数人。

魔法学校が舞台なので、雰囲気を出すためには大道具や小道具もしっかり作る必要がある。

間違いなく、「こんなの上演できるわけない」とボツになることだろう。そうしたら、晴れてこの仕事から降りよう。

しかし、

「うん、いいですね！　面白いです」

3日後に書き上げた脚本を楓に読ませたところ、彼女は笑顔でそう言った。

「さっそく他の部員にも見せてきますね」

「え、もしかして採用なんですか？」

「うん」

宙が困惑して訊《たず》ねると、楓は当たり前のように頷《うなず》いた。

「いや、あの、本当にこれで大丈夫ですか？　けっこう大変だと思うんですけど」

「みんなと相談して、どうしても実現できなさそうなところは調整してもらう必要があるかもですけど、なるべくこのまま舞台にできるように頑張ります」

「そんな無理して実現する価値なんてこの脚本には……」

「ありますよ」

宙の言葉を遮《さえぎ》って楓は断言した。

「これまでに書いてもらった脚本は、なんとなく無理しているというか、うちの演劇部に気を遣いすぎてるような感じがしたんですけど、これは登場人物みんながすごく生き生きしてて、ストーリー展開も大胆で、この舞台を演劇部のみんなと一緒に作り上げていきたいって思いました」

「〜〜〜！」

こみ上げる高揚感を抑えつけ、宙《そら》は努めてクールに、

「……あの、言っちゃ悪いですけど、去年の舞台を見る限りでは、うちの演劇部の手に余ると思いますよ」

「うん、わたしも正直そう思う」

楓《かえで》はあっさり肯定し、

「でも、だからこそ挑戦する価値があると思うんですよ」

そんな彼女に、宙は問う。

「どうしてそこまでオリジナルの脚本にこだわるんですか？　僕の書いたものよりずっと完成度が高かったりキャストとキャラのイメージが合ってたりセットのコスパが良かったりする脚本なんて、ネット探せばいくらでも転がってると思いますけど」

「わたしは今の演劇部のみんなと、誰も見たことがない舞台に挑戦したいんです。これが最後のチャンスだから……」

「え、最後ってどういう……？」

宙が聞き咎《とが》めると、楓は少し慌《あわ》てた様子で、

「とにかく、脚本はこれでいきます。素晴らしいお話を書いてくれてありがとう。すぐに部員たちに読んでもらうから、宙くんも部室についてきて」

楓が有無を言わさず宙の手を引っ張っていく。

握られた手の感触と、初めて名前で呼んでもらったことで気持ちが舞い上がり、宙は顔を赤らめつつ大人しく彼女について演劇部へと向かう。

……「最後のチャンス」という言葉の意味が明らかになるのは、もう少し後のことだった。

キャストの練習場所は基本的に体育館のステージで、セットや衣装などの製作場所は部室近くの多目的スペース。部室はほぼ物置になっている。

脚本を完成させてからここ数日、宙はキャストの意見を聞いてシーンの流れや言いづらい台詞《せりふ》を修正したり、セットの製作を手伝ったりと、体育館と部室棟の間を忙しく行ったり来たりしている。

「すっかり演劇部の人になってしまったのだわ」

宙と一緒に衣装を縫《ぬ》いながら、優羽《ゆう》が愚痴《ぐち》っぽく言った。

別に手伝いを頼んだわけではないのだが、優羽は裁縫が得意なので助かってはいる。

「僕の脚本のせいで裏方スタッフの作業量が大変なことになっちゃったんだから、手伝わないわけにもいかないだろ」

淡々と言う宙《そら》に、優羽《ゆう》は唇《くちびる》を尖《とが》らせて、

「渋々手伝ってるみたいな言い方だけど、顔が楽しそうなのだわ」

「べつに楽しくないし。成り行きでしょうがなく手伝ってるだけだし」

と、そのとき宙の腕のスマートウォッチが震《ふる》えた。

確認すると、これから通し稽古をするから体育館に来てほしいという楓《かえで》からの連絡だった。

「すぐに体育館に行かなきゃいけなくなかったから、この衣装は優羽に任せていいか？」

「……いいけど」

「ありがとう。じゃあ頼む」

優羽の不満げな声にも気づかず、宙は作業を中断して小走りで体育館へと向かう。

「……まるで子犬なのだわ」

宙の後ろ姿を見ながら、優羽は切なげな顔で毒づいた。

――やっぱり三田洞《みたほら》先輩の演技力が突出してるな。

通し稽古が始まって10分。

ステージ正面で椅子《いす》に座って舞台を見ながら、宙は思った。

楓が演じているのは主人公の一人で、魔法学校に通う中性的な容貌《ようぼう》の青年。

格好は正式な衣装ではなく動きやすいジャージ姿だが、前髪を上げ、情感の籠《こ》もった声で大胆かつ繊細《せんさい》な芝居をする楓の姿は、普段とはまるで別人のように輝《かがや》いて見える。

とはいえ、抜きん出たスターの存在が必ずしも舞台にプラスになるとは限らない。

去年の『走れメロス（SF版）』のときと比べれば、他のキャストもみんな上手《うま》くなってはいるのだが、楓と比べると見劣りする。

群像劇で登場人物全員ほぼ均等に出番があるため、楓の出ているシーンと出ていないシーンでギャップが生まれ、舞台全体のクオリティが実物以上に低く見えてしまっていた。

通し稽古を最後まで見て、宙はキャストたちに思ったことを正直に告げた。

すると彼らは宙の見解を認めつつも不満そうに、

「俺たちだって頑張ってるんだ。でも部長と比べられたらどうしようもない」

「そもそもずっと三田洞先輩の一枚看板だったのに、いきなり全員が主役の群像劇なんて言われても……一年生だっているのに」

「今からでも主人公が一人の演目に変えた方が良くない？」

部員の提案に、楓は「それは駄目」と強く断言した。

「だったら、部長の芝居のレベルを少し落としてもらうとか……。そしたら違和感もなくなると思うし」

その提案に、他の部員からも「そうだな……」「仕方ないかも」「その方がいい」などという声が上がる。

「いや待って待って！　レベルが高い方が低い方に合わせるなんて、どう考えてもおかしいでしょ。自分たちが三田洞《みたほら》先輩のレベルに追いつこうって発想はないのかよ」

宙《そら》は思わず口走っていた。

父の伊月《いつき》や木曽《きそ》撫子《なでしこ》を筆頭に、自分より凄《すご》い人がゴロゴロしている世界で、それでも諦《あきら》めずに足掻《あが》き続けている大人たちに囲まれて育った宙にとって、部員たちの発想は本気で思いもよらないものだった。

主人公への憧れを嫌いながらも、宙の根本には主人公気質が染みついているのだ。

「そんなこと、できるもんならとっくにやってるっての」

「芝居をやらない羽島《はしま》くんにはわかんないよ……」

そう言われると宙も黙るしかない。所詮自分は演劇部の人間ではないのだ。

宙はちらりと楓《かえで》に視線を向ける。彼女は芝居中に上げていた前髪を再び下ろし、困った様子で宙と部員たちをきょろきょろ見ていた。どうやら、役者としては傑出していてもリーダーとしての統率力はそれほどでもないらしい。

「……そういえば、顧問の先生とかはいないんですか？」

　宙の問いに部員の一人が、

「一応いるけど、当てにならないよ」

　彼が言うには今の顧問は、２年前に前の顧問が異動になったとき、たまたま一つも部活の顧問をやってなかったので引き継ぐことになっただけの、演劇のことなんてまったく知らない素人《しろうと》で、やる気もなく、演劇部のことは完全に放置しているらしい。

「なるほど……」

　指導者の不在。

　それこそが、この部にとっての致命的な問題のように思えた。

　大会までそんなに時間もない。今からその顧問や宙が演技指導について勉強するわけにもいかない。

　――短期間でレベルアップさせてくれるようなスーパー指導者が身近にいたらいいんだけど、そんな都合のいいこと……

「……あれ？　もしかするといるかも……？」

「宙くん？」

　真顔で押し黙ってしまった宙の顔を、楓が覗《のぞ》き込んだ。

「うおっ」と顔を赤らめて飛び退《の》き、

「……ちょっとダメ元で、知り合いにコーチしてくれないか頼んでみてもいいですか?」

宙《そら》の言葉に、演劇部員たちは不思議そうに顔を見合わせたのだった。


3日後。

「これから1か月だけ、演劇部の臨時コーチをすることになりました、高科勇真《たかしなゆうま》です。皆さんよろしくお願いします」

宙が連れて来た男が丁寧《ていねい》に挨拶《あいさつ》すると、演劇部の部員たちは楓《かえで》を含めて全員しばらくぽかんと固まったあと、「えええええええええ!?」と驚愕《きょうがく》の悲鳴を上げた。

高科勇真、37歳。言わずと知れた超一流の俳優である。

数多くのドラマや映画に出演してきた彼だが、数年前に自分の劇団を立ち上げ、最近は舞台をメインに活動している。指導者として申し分ないどころか、中学の演劇部には明らかに過剰すぎるビッグネームであった。

両親の友人である勇真は、宙が幼い頃からたまに羽島《はしま》家に出入りしている。

照れもなくごっこ遊びに付き合ってくれて、抜群の運動能力で戦隊ヒーローや仮面ライダーのアクションを完璧《かんぺき》に再現してくれる勇真に、幼き日の宙は非常に懐いており、「ゆーまくんがお父さんだったらいいのに」と言って父に苦々しい顔をさせたこともある。

今の宙はもちろん「高科勇真がたまに家に遊びに来る」というのがどれだけレアな環境なのか理解しており、臨時コーチの件も勇真の伝手《つて》で時間の空いている役者にでも来てもらえたらという気持ちだったのだが、「宙くんの頼みならどうにかするよ」と勇真本人に二つ返事で引き受けてもらえた。

このチート技のような解決法は見事に功を奏し、高科勇真の厳しくも丁寧で役者一人一人に合わせた的確な指導により、部員たちのレベルは短期間で格段に上がった。

キャストだけでなく裏方スタッフにまで気を配ってくれたこともあり、勇真はあっという間に部員たちから慕《した》われるようになった。……中でも楓の勇真に対する尊敬度が半端ではなく、ときどき遠目から勇真を見てうっとりした顔をしているのは気に入らなかったが。

ともあれ、勇真がコーチに来て２週間後。

体育館にて、生まれ変わった演劇部による初めての通し稽古が始まった。

宙は先日のようにステージ前で椅子《いす》に座り、勇真も宙の隣《となり》で台本を手に座って観ている。優《ゆ》羽《う》もいつものように宙の隣に陣取っていた。

さらに銀髪の美少年とイケメン俳優が並んでいる姿を、バスケ部や卓球部など体育館を使っている他の部活の生徒たちが練習そっちのけで注目しており、それ以外にも入り口や２階のギャラリーから多数の生徒が見つめている。

練習にあるまじき注目度のなかで、部員たちはそれでも堂々と芝居をした。

全員がレベルアップした中でも、やはり楓《かえで》の演技は頭一つ抜きん出ており、最初は勇真《ゆうま》と宙《そら》ばかり見ていた観衆も、徐々にステージの方に注目するようになった。

そして終盤、登場人物全員がそれぞれの信念のもと敵味方に分かれて激突する、この作品最大の見せ場。

本番と違ってスモークは使わず、他の部活との兼ね合いで体育館を暗くすることができないので舞台照明もわかりづらいが、キャストの芝居だけでもかなりの迫力が感じられた。

ライトセーバー（魔法剣という設定）を両手に持って華麗な大立ち回りを演じる楓の姿に、宙だけでなく観衆も目を奪われている。が、

「うん……？」

宙の隣《となり》で、勇真が眼を細め、訝《いぶか》しげに唸《うな》った。

叱《しか》るときでさえ柔和な表情を崩さない勇真が、珍しく険《けわ》しい顔で楓を注視している。

異変はその十数秒後に起こった。

ライバルキャラとライトセーバーで切り結んでいた楓が、突如としてステージ上で大きな音を立てて倒れた。

宙は最初、「さすが先輩、倒れる演技も自然すぎて芝居ってわからないくらいだ。でもちょっと段取りが違うような……」などと呑気《のんき》に思った。

だが、

「部長！」「三田洞《みたほら》！」「先輩！」

ステージ上のキャストたちが即座に芝居を中断し、血相を変えて楓に駆け寄る。

宙と勇真も慌《あわ》ててステージに駆け寄り、楓の名前を呼ぶ。しかし、いくら呼びかけても彼女の意識は戻らなかった。


駆けつけた養護教諭によって救急車が呼ばれ、楓は病院へと搬送されていった。

「宙くん、大丈夫かい？」

ステージの前で呆然《ぼうぜん》としていた宙に、勇真が心配そうに話しかけてきた。

「あ、はい……」

宙はどうにか気を取り直し、演劇部員たちに訊《たず》ねる。

「あの、三田洞先輩、どこか悪いんですか？」

彼らも未だに動揺はしていたが、楓が倒れたときの様子から、なにかを事前に知っていたような感じがしたのだ。

部員たちは沈痛な面持《おもも》ちで顔を見合わせ、やがて副部長を務めている3年生の男子が「実は……」と口を開いた。

彼に告げられた、三田洞楓《みたほらかえで》の身体《からだ》を蝕《むしば》む病気の名前に、宙《そら》は愕然《がくぜん》とする。

その病気については、以前に読んだ母の小説に出てきたので知っていた。

現代の医療技術では治療が不可能な難病の一つで、数年の間にほぼ確実に死に至る――。

副部長の話では、楓は週に2回病院に通院中で、医者に無理を言って、次の大会が終わるまではということで学校に通っていたらしい。そのあとの体調次第ではあるが、恐らくはすぐに入院することになり、卒業できる見込みはまずないという。

――これが最後のチャンスだから……

あのときの彼女の言葉の意味が、ようやくわかった。

――先輩が、死ぬ……？　あの小説のヒロインみたいに……？

「く……っ！」

宙は走り出し、校門を出て自動運転タクシーを呼び、楓が運ばれた病院へと向かった。

帰宅ラッシュで道は渋滞しており、病院に着くまでにはかなり時間がかかりそうだった。電車も自動車もここ10年の間に大きく進化したものの、日本人は未だに通勤ラッシュから解放されていない。

車内で苛立《いらだ》ちながら窓の外を眺めていると、不意に楓からメッセージが届いた。

病院向かってるんだって？
わたしは大丈夫だからそんな心配しなくていいよ
1時間くらいで検査とか終わると思うから、もし来てくれるならロビーで待ってて

とりあえず意識は戻ってメッセージも打てるということで、宙は安堵《あんど》する。

「待ってます」と返信し、大きなため息をついた。

病院に辿《たど》り着き、言われたとおりロビーで待つこと1時間弱。

看護師に付き添われ、ハイテク車椅子《いす》に乗った楓が姿を現した。車椅子には点滴が装着され、その管は彼女の手首に繋《つな》がっている。

「わざわざごめんね、羽島《はしま》くん」

「あ、いえ、あの……」

上手《うま》く言葉が出てこない宙に、楓は小さく笑って、

「病気のこと、言ってなくてごめんね」

「あ、いえ……」

「はぁ……次の大会まではなんとかなると思ってたんだけどなぁ……ちょっと張り切り過ぎちゃったみたい」

楓《かえで》は切なげなため息を漏らし、

「何日か入院で、お医者さんから退院後も絶対に安静にしてなさいって言われちゃった。お芝居も当然NG」

掠《かす》れるような声でそう告げたあと、楓は俯《うつむ》き、嗚咽《おえつ》を漏らす。

泣いている楓の前で、宙《そら》は立ち尽くすことしかできない。

数十秒ほどそうしたあと、楓はゆっくりと顔を上げ、点滴のない方の腕で涙を拭《ぬぐ》い、前髪を搔《か》き上げた。

強い眼差《まなざ》しが宙を射貫く。

「羽島《はしま》くん、お願いがあるんだけど」

「わかりました」

即答した宙に楓は苦笑し、

「まだ何も言ってないんだけど……」

「なんでも聞きますよ。先輩の頼みなら」

「ふふ、ありがとう」

楓は微笑《ほほえ》み、再び真剣な顔で告げる。

「わたしの代わりに、舞台に出てください」

「わかりました」

今度も迷うことなく、宙はそう答えていた。


病院を出て家に帰ると、玄関の前で優羽《ゆう》が待っていた。

「べ、べつにソラが心配で待っていたわけじゃないのだわ。単に月の光を浴びていただけなのだから」

「わざわざ人んちの前で月の光浴びなくてもいいだろ……」

聞いてもないのに答えてきた優羽にツッコみつつ、宙のほうも聞かれてないのに答える。

「先輩の代わりに舞台に出ることになった」

優羽が目を見開く。

「ソラが？　舞台に？」

「うん」

「演劇のキャストなんて目立つこと、絶対にやりたくないって言ってたのに？」

「最近はいろいろ目立ってたし、今さらだろ……」

「違うわよ」

苦笑する宙《そら》に、優羽《ゆう》は真剣な声で言った。

「なにかに巻き込まれて結果的に目立ってしまうのと、自らの意思で進んでスポットライトを浴びに行くのとでは、決定的に違うのだわ」

「……」

「アナタは、主人公になりたいの？」

優羽の問いに宙は「なりたくないよ」と小さく首を振り、泣きそうな顔で微笑《ほほえ》みながら、

「でも先輩のためなら、人《主人公》でなしにだってなってやる」


翌日。

宙は演劇部に入部届を提出した。

「ええと、改めて……2年の羽島《はしま》宙です。演劇初心者ですが全力で頑張ります」

既に部員たちには楓《かえで》から、自分が大会には出られないこと、代役を羽島宙に頼んだことが伝

えられており、宙は正式な仲間として歓迎された。

なお、基本的にいつも宙にくっついてくる優羽は、「ワタシがそこまでする義理はないのだわ」と演劇部には入らなかった。

「勇真《ゆうま》さん……いや、先生。時間がないのでビシバシ鍛えてください。宜《よろ》しくお願いします」

深々とお辞儀をする宙に、勇真は感慨深げに、

「まさか宙くんに演技指導する日が来るなんてね。わかった、手加減せずにいくから覚悟してね」

……その言葉に偽りはなく、宙に対する勇真の指導は他の演劇部員に対するものとは比べものにならないほど厳しかった。

放課後の練習だけでなく、勇真が来られない朝練や昼休みの自主練習の様子も動画を撮影して送り、容赦ないダメ出しをもらう。

学校以外でも、発声練習に基礎体力作りと、一人でやれることは全部やる。

このままでは身体《からだ》が持たないので、授業中に寝て体力を回復する。宙は知らなかったが、教師が起こそうとすると「この天使のような寝顔を壊すな！」と他の生徒から猛抗議が来るので存分に休めた。

完全にスポコンものの主人公みたいな生活である。

これまでの人生で初めて経験するようなハードな毎日だったが、投げ出そうという気持ちは

微塵《みじん》も起きなかった。

そんな日々を続けること2週間。

素人《しろうと》だった宙《そら》は、どうにか他のキャストと遜色《そんしょく》ない程度まで成長することができた。

「よく頑張ったね、宙くん。このぶんなら、明日も大丈夫だよ」

大会本番を前日に控えた最後の通し稽古を終え、勇真《ゆうま》が宙に微笑《ほほえ》んだ。

「ありがとうございます、先生。……部長にはまだ全然及ばないけど、あの人にがっかりされないように全力で頑張ります」

楓《かえで》が入院して2週間、彼女が学校に来ることは一度もなかった。演劇部用のグループメッセージで練習風景の動画を送ったり互いの近況を共有したりしているものの、彼女に宙の生の芝居を見てもらったことは一度もない。

退院まではまだ時間がかかりそうとのことで、明日の本番を見に来られるのかさえわからない。

――先輩が見てくれないなら、これまで頑張ってきた意味は……？

宙の心に暗い気持ちがこみ上げてきたまさにそのとき、演劇部全体ではなく、宙個人宛てに楓からメッセージが届いた。


明日、2時間だけ外出許可下りたよ～！　絶対見に行くから頑張って！

その言葉を見た瞬間に、心の中の暗い靄《もや》は吹き飛び、練習で疲れた身体《からだ》に再び活力が漲《みなぎ》ってくるのを感じた。

そして宙は初めて理解する。

この人のためならどんなことだってやってみせるという強い想い。

両親の書いた小説をはじめ、宙がこれまでに読んだり観たり聴《き》いたりしてきた数々の物語の中で、散々描かれてきたもの。


——これが、恋か。


だとしたら、この世界はなんて残酷なんだろう。

自分の初めての恋が、自分が主人公になった初めての物語が、悲劇で終わることが確定しているなんて。


翌日。都内某所の区民ホールにて、中学校演劇大会が始まった。

宙《そら》たちの中学の番が近づき、運営スタッフが控え室に「○○中学さん、準備お願いします」と案内に来た直後、演劇部全員宛てに楓《かえで》からメッセージが届いた。


ようやく会場着きました！　間に合ってよかった！

客席中段の一番うしろの、車椅子《いす》用の席で見てるよ！　みんな頑張ってー

その言葉に、部員たちから歓声が上がる。

「よし、部長に最高の舞台を見せよう」

副部長が言って、部員たちがキャストも裏方も揃《そろ》って円陣を組んだ。

「それじゃあ羽島《はしま》くん、号令をたのむ」

副部長の言葉に、宙は慌《あわ》てる。

「え、僕ですか!?　一番の新人ですよ？」

「脚本書いて演出やセットにも口出してコーチ連れて来て主演まで務めるんだ。どう考えても今回の座長はきみだろ」

部員たちがうんうんと頷《うなず》く。

「べつに僕だけが主演ってわけじゃないんですが……」

困った顔で指摘しつつ、

「ええと、それじゃあ…………『見ていろ世界！　俺たちが主人公だ！』」

宙が頭をよぎった言葉を発すると、部員たちは揃って「おー！」と気合いの声を上げた。

脚本・羽島宙による舞台『果てなき挑戦者たち』。

魔法学園に通う5人の見習い魔法使いが、あるとき学園の地下に封印された悪魔を復活させてしまう。

自分を解放してくれた礼に何か望みを叶《かな》えてやるという悪魔に対し、力を望む者、知恵を望む者、富を望む者、悪魔の手先となることを望む者、何も望まず悪魔を再び封印する方法を探す者、それぞれの物語が描かれる。

勧善懲悪《かんぜんちょうあく》の物語ならば悪魔の封印を目指す青年を主人公とするのが妥当なのだが、5人それぞれに、その望みを持つに至ったやむを得ない事情があり、青年も決して純粋な正義漢というわけではない。

復活した悪魔をめぐる数々の事件で、時に対立し、時に協力し合いながら、やがて5人はそれぞれの譲れないもののために激しい戦いを繰り広げることになる——。

中学生が創った物語にしては複雑で大人びた内容で、正直なところ、物語構成やテーマ処理にはやや難があり、やりたいことに作者の技量が追いついていない印象が強い。

それはさておき、この演目の中で宙《そら》が三田洞楓《みたほらかえで》の代役として演じるのは、愛する者を殺された復讐《ふくしゅう》のために悪魔の手先となって人間達に敵対し、やがて美しい女の姿をした悪魔と心から愛し合うようになる青年、ジークだ。

宙の演技力は他のキャストよりも少し劣るくらいなのだが、ファンタジーの主人公のような容姿に加え、ジークの役柄と宙の胸に抱えた悲しみが絶妙に嚙《か》み合い、一挙手一投足にさながら熟練の役者のような存在感がある。


そんな宙の姿を、八坂優羽《やさかゆう》は羽島栞《はしましおり》と一緒に観客席で、悲痛な面持《おもも》ちで観ていた。


やっぱり宙は生まれながらの主人公だ。

主人公になる運命のもとに生まれてきたのだ。

自分とは違って。

い、い、い、
自分の髪の色が嫌いだ。瞳《ひとみ》の色が嫌いだ。

どうして自分は、母のように綺麗《きれい》な金髪碧眼《きんぱつへきがん》じゃないんだろう。金髪碧眼だったら、銀髪碧眼の宙と並んだとき絵になるのに。遺伝的には黒髪と金髪なら黒髪が顕性、黒い目と青い目なら黒い目が顕性で、優羽が黒髪黒目なのはごく自然なことなのだが、宙だって父が黒髪黒目で母が銀髪碧眼だ。どうやら隔世遺伝だかなんだかで、潜性の形質が現れた珍しいケースらしい。やっぱり宙は特別で、自分は普通なのだ。

自分の名前が嫌いだ。

優羽。昔は可愛《かわい》い感じで好きだったが、両親に名前の由来を訊《き》いたところ、二人の大切な親友の名前をもらったらしい。その人は優羽が生まれるずっと前に亡くなっており、その名前を勝手に受け継がされた優羽は、まるで死んだ人の代用品みたいだ。

知らない誰かの名前を背負わされた普通の自分は、それでも羽島宙という主人公のヒロインになろうと頑張ってきた。

宙の母親がかつて下ネタ全開でぐいぐい性的にアピールしまくって夫の心を射止めたと聞いたので、それを真似《まね》て下ネタキャラを演じるようになった。本当はペニスとかセックスなんて、口に出すのも恥ずかしいし、初体験は付き合って3年目のクリスマスイヴがいい。

ゴスロリは好きだが、着るのも脱《ぬ》ぐのも管理するのも面倒なので、毎日学校に行くときまで着たくはない。でも、黒髪でチビの自分に似合うインパクトの強い服装はゴスロリくらいだから仕方ない。

宙には不釣り合いだと陰口を叩《たた》かれるのだって、本当はつらい。不釣り合いなことなんて、自分が一番よくわかってる。それでも、宙と一緒にいたい。そしていつか、宙のメインヒロインになりたい。

それなのに。

物語が終わって舞台の幕が下り、ステージ上でキャストが並んで深々と一礼する。

真ん中にいた宙《そら》が顔を上げたとき、彼と目が合った気がした。

その直後、宙が見る者すべてを魅了するような最高の微笑《ほほえ》みを浮かべた。

自分に向かって笑いかけてくれた——そう思ったが、すぐに勘違いだと気づく。

宙が視線を向けているのは、優羽《ゆう》の座っている席の斜め後ろ——そこには三田洞楓《みたほらかえで》の姿があった。

天才的な才能を持ちながら不治の病に冒された悲劇の少女。圧倒的なメインヒロイン属性。

なんでこんな人が突然出てくるんだろう。こんなの、勝てるわけがない。

いっそ自分が彼女の病気を代わってあげたい。そうしたら宙は自分に——。

そんな気持ちが頭をよぎり、優羽は自分の浅ましさに嫌悪感を抱き、涙が溢《あふ》れるのをこらえきれなかった。


——あーあ、優羽ちゃん泣いちゃった〜。

栞《しおり》は、隣《となり》でボロボロと涙を流す優羽の横顔を見て、柔《やわ》らかな微笑みを浮かべた。

やっぱり彼女は、泣いてるときが一番可愛《かわい》い。ぞくぞくする。

羽島《はしま》栞は八坂《やさか》優羽のことが、恋愛的な意味で好きだった。

天に愛された幼なじみの隣にいるために、必死に虚勢を張る健気《けなげ》さが可愛い。

恥じらいを押し殺してきわどい言葉を吐くズレた努力が愛らしい。

コンプレックスまみれの凡人でありながら、それでもヒロインになろうと足掻《あが》く、既に自分が捨ててしまった痛々しさが、栞の心をざわつかせてたまらなく疎《うと》ましくて愛《いと》おしい。

……でも、優羽が自分と「同類」ではない以上、この気持ちが報《むく》われる望みはないこともわかっている。

優羽は昔から宙のことを一途《いちず》に想い続けていて、その気持ちが自分に向くことはない。

それならせめて、憎むべき恋敵としてでも優羽の心の中にいたい。

栞が宙にちょっかいをかけるのは、宙ではなく優羽の近くにいるためだった。栞の裸《はだか》と自分の小さな身体《からだ》を比較して、こっそり落ち込んでほしい。

優羽に振り向いてもらうための無駄な努力なんて、自分はしない。

幸せなんていらない。

優羽の心も身体も求めたりしない。

報《むく》われない恋に身を窶《やつ》し、密かに泣いている優羽《ゆう》の姿を、これからも間近で眺めていたい……ただそれだけだ。

……我ながら歪《ゆが》んでいるとは思う。

どうしてこうなってしまったのかは自分でもよくわからないが——もしかすると、姉や兄をはじめ、周囲にいるのが真っ直《す》ぐな人間ばかりだった反動なのかもしれない。周囲の光が強すぎて、その中で密かに育っていた闇に誰も気づかなかったのだ。

舞台が終わって撤収作業をしていると、部員たちに楓《かえで》からメッセージが届いた。

すごくよかったよ〜！　みんなほんとにお疲れ様！
門限あるから今日はもう帰るけど、あとでゆっくりお話ししようね！

「先輩……」

本当は自分が一番舞台に出たかったはずなのに、そんなことは微塵《みじん》も滲《にじ》ませない簡素な文章に、宙《そら》の胸と目が熱くなった。

と、

「羽島《はしま》くん、ここはもういいから部長のところへ行ってくれ」

副部長が宙の肩を叩《たた》いてそう言った。

「え、でも……」と宙が周囲を見回すと、他の部員たちも行けよとばかり小さく頷《うなず》いた。

「……ありがとうございます。行ってきます！」

言うが早いか宙は駆け出し、ホールの一般入場口へと急いだ。

来場者がそれほど多くなかったこともあって、楓はすぐに見つかった。

車椅子《いす》に乗っており、彼女の母親と思《おぼ》しき40代くらいの女性がそれを押している。

「先輩！」

近づいて彼女を呼ぶと、「宙くん？」と楓が振り向き、後ろの女性も「あら、君はもしかして……」と宙のことを知っているかのように呟《つぶや》いた。

楓は母をその場に残し、自分の手で車椅子を操作して宙に近づいてきた。

「撤収作業はもう終わったの？」

「他のみんなの言葉に甘えて、僕だけ抜けてきました」

「そうなんだ」と楓は微笑《ほほえ》み、

「宙くんのお芝居、ほんとによかったよ。あそこまで出来るとは想わなかった。ほんとにお芝居の経験ないの？」

「勇真《ゆうま》さんにしごかれたのでどうにか形になっただけです……。先輩には全然及びません」

謙遜《けんそん》ではなく本音で宙《そら》は言った。

「正式に演劇部に入ってくれたんだよね？　だったらこれからもっと練習して、たくさんの役を演じて、きっと今よりずっと上手《うま》くなれるよ」

楓《かえで》はどこか遠くを見るような眼差《まなざ》しで、

「いつか、そんな宙くんと同じ舞台に立ちたいな……」


その言葉に、宙の視界は涙で滲《にじ》んだ。

「立てますよ……きっと……！」

振り絞るように、震《ふる》える声で宙は告げる。

「僕は、もっともっと練習して、色んな役を演じて、先輩と並び立てるような役者になります。脚本だってもっと上手くなって、いつか最高の物語を書きます。そのときは、僕と一緒に主役を演じてください。先輩のためならなんだってできます。あらゆる理不尽を叩《たた》き潰《つぶ》すような、主人公にだってなってやります……！」

そこで涙腺は完全に決壊し、宙の端正な顔がぐしゃぐしゃに歪《ゆが》んだ。

「だがら……だがらぜんぱい、死なないでぇ……」

涙を滂沱《ぼうだ》と流し、祈るように、叫ぶように懇願する。

そんな宙《そら》に――楓《かえで》はなぜか、ぽかんと呆気《あっけ》にとられたような顔を浮かべた。

「……え。……死ぬ⁉　わたし死ぬの⁉」

目を丸くしてそんなことを言う楓に、宙も「あえ……？」と手で涙を拭《ぬぐ》って戸惑いの表情を浮かべる。

「いや、だって、先輩の病気って――」

宙が声を落として恐る恐る病名を口にすると、楓は「あ、うん。そうだけど」と頷《うなず》いた。死に至る病を患っているにしては妙に軽い。

「えっと……その病気って、ほぼ確実に死んでしまう不治の病、なんですよね……？」

「違うよ？　治るよ？」

「えええ⁉」

楓曰く。

たしかに、母・可児那由多《かになゆた》が件《くだん》の小説を発表した10年以上前だと、その病気は間違いなく死に至る不治の病であった。しかし、数年前に特効薬が開発され、現在ではほぼ確実に、危険な手術も副作用の心配もなく完治させることができるらしい。医学の進歩ってスゲー。

「ええと……だったら前に言ってた『これが最後のチャンスだから』っていうのは……？」

「あ、聞こえてたんだ……。もちろん『今のメンバーで演劇ができる最後のチャンス』ってことだよ？　確実に治せるとはいえ、最低でも半年は入院しないといけないから、今の3年生はみんな卒業しちゃうし……」

「……あ、ああー……なるほど、そういう……はは……」

乾いた笑みを漏らす宙。

副部長に楓の病名を教えられたとき、「知ってます」などと言わずに詳しく聞いておけばこんなことにはならなかった。

しかし彼はたしかに「卒業できる見込みはまずない」とも言っていた。あれはどうやら「（今年度、自分たちと一緒に）卒業できる見込みはまずない」という意味だったらしい。重要な言葉を略すな馬鹿野郎。

ちなみに現代では教育改革により日本の公立中学校でも課程主義が採用され、飛び級制度や留年が存在する。

「でも嬉しいな」

「え？」

「わたし留年して来年も3年生やる予定だけど、来年も演劇部に残るかどうか、ちょっと迷ってたの。でも宙くんがもっと役者として成長して最高の脚本を書いて、わたしと一緒に主役をやってくれるんでしょ？　そんなこと言われたら演劇続けるしかないじゃない。リハビリ大変みたいだけど、なるべくはやく復帰できるように頑張るね！」

「あ、はい……頑張ってください待ってます……」

朗《ほが》らかな声と笑顔に宙《そら》はときめき、彼女がこれから先も生きていてくれることの喜びを噛《か》み締めつつも、同時に凄《すさ》まじい羞恥《しゅうち》で全身が燃え上がりそうだった。なんて恥ずかしいことを言ってしまったんだ。穴があったら入りたい。

と、そのとき、

「くふふ……話は聞かせてもらったのだわ」

いつの間にか近くに来ていた優羽《ゆう》が含み笑いを浮かべて言った。隣《となり》には栞《しおり》もいる。

優羽はつかつかと楓《かえで》の前に進み出て、

「不治の病ではなかったこと、おめでとう先輩。早く学校に戻ってこられるようワタシも心から祈っているのだわ」

「え？　あ、うん……ありがとう？」

首を傾《かし》げながら楓は言った。

「あれ〜？　優羽ちゃん的には、彼女には死んでもらったほうが都合がいいんじゃないの？」

いきなり物騒な台詞《せりふ》を言い放った栞に、宙はギョッとする。

「ちょっ、なに言ってるんだよしー姉！」

優羽は「くふふ、本当に何を言っているのかしらオバサンは」と栞に振り返り、

「死んだら、永遠に忘れられない存在になってしまうじゃないの」

　優羽の両親の中の、優羽《幽》という人のように。

「でも生きているのなら、メインヒロインだろうと倒してみせるのだわ」

　決意の籠《こ》もった獰猛《どうもう》な笑みを浮かべる優羽に、栞は「そう……」とどこか切なげに微笑《ほほえ》んだのだった。

「……えっと、八坂《やさか》さん」

　楓が優羽を見上げて言った。

「なにかしら」

　そこで楓はゆっくりと車椅子《いす》から立ち上がり、優羽の顔を正面から見据える。

「な、なによ……」とたじろぐ優羽に、

「わたしだって、負けないからね」

「……っ!?」

　その言葉に、宙と優羽が目を見開く。

「先輩、それって……」

　先輩も僕のことを？　と頬《ほお》を紅潮させる宙を横目に、楓は宣言する。

「宙くんの最高傑作《けっさく》の脚本で、宙くんと一緒に主役を演じるのは、わたしなんだから！」

「「は？」」

　ぽかんとする宙と優羽に、楓は小首を傾げ、

「え？　八坂《やさか》さんも演劇部に入って、メインヒロインの役を狙《ねら》うっていう話じゃないの？」

優羽《ゆう》は深々と嘆息し、

「……ハァ…………まあ、今はそういうことでいいのだわ」

「ふふ、優羽ちゃんはお芝居が得意だもんね」

栞《しおり》がボソリと茶々を入れると、優羽はギョッとして「しー姉……!?」と呻《うめ》いた。

それから誤魔化《ごまか》すようにブツブツと、

「ふ、フンっ……まったく……2010年代前半あたりのラブコメ作品で流行《はや》ったとされる鈍感系主人公なのかしら……ワタシは好都合だけど、ソラの気持ちはどうなるのよ……」

「え、なにか言った？　キムチがどうかしたの？」

「アナタ、さてはわざとやっているでしょう!?」

「もちろん、わざとだよ」

「い、い、い、い、い」

優羽のツッコミに、楓《かえで》は微笑《ほほえ》みを浮かべてそう答えた。

そして彼女は宙《そら》のほうに向き直り、

「宙くん、今は病気の治療に専念したいから、半年くらい待っててもらっていいかな？」

宙はしばしぽかんとしたあと、

「は、はいっ！　先輩が学校に戻ってくるまでずっと待ってます！」

鼻息荒く答える宙。

優羽は唖然《あぜん》として口をぱくぱくさせ、栞は笑いを堪《こら》えて震《ふる》える。楓の少し後ろでは、彼女の母が「あー、あたしに似て年下キラーになっちゃったかー」と呟《つぶや》いた。

「それじゃ、またね、宙くん」

楓が車椅子《いす》に座り、彼女の母が手押しハンドルを握る。

「はい、また」

宙が微笑み、楓は手を振り、母に押されてゆっくりと離れていく。

好きな人を見送る宙の横顔を、切ない眼差《まなざ》しで見つめる優羽。さらにそんな優羽の横顔を、恋と呼ぶには憚《はばか》られる邪《よこしま》な眼差しで栞が見つめる。

４人の物語がこの先どうなるのかは誰にもわからない。

ラブコメディは、まだ始まったばかりだ。

喜劇か悲劇かもわからない不確かな未来に向かって、主人公たちは進んでいく——。

（続かない）

「………読み終わったよ、兄さん」

第1回令和エンタメアワードの表彰式から数か月が過ぎたある日、羽島《はしま》家の実家のリビングにて。

千尋《ちひろ》は、読み終えた短編小説の原稿をテーブルに置いて兄に告げた。

『青い小鳥たち』と題されたこの小説は、なんでも伊月《いつき》がつい先日夢で見た十数年後の未来の光景を描いたものらしく、千尋の甥《おい》の羽島宙《そら》（現在2歳）を主人公に、演劇を中心にした青春ドラマが展開されていた。

「おっ、そうか。どうだった？」

伊月が感想を促すと、千尋は「はぁぁぁぁ〜〜〜〜」と深いため息をつき、

「うん、まあ、言いたいことはいろいろあるけどさ」

「おう」

「まずさあ、現実に生きてる人間を無断で小説に登場させるってどうなの？　兄さんは同人活動はやってないけど、エンタメ業界で生きてる人ではあるんだから、生モノの扱いは細心の注意を払わなきゃいけないことくらい知ってるよね？」

「無断ではないぞ？　しーと宙と優羽《ゆう》ちゃんにはちゃんと許可取った」

「え、そうなの？」

　ほら、と伊月がスマホで動画を見せる。

　栞《しおり》と宙と優羽が3人でプラレールで遊んでいるところに伊月が現れ、軽い調子で、

『おーい、ちょっとお前らのこと小説に書いていいかー？』

『にーにーのしょうせつ⁉　しーちゃんにーにーのほんにでるの⁉』

『おう。本になるかはわからんけどな』

『ウオー！　やったー！　みにゃまりゅこーえーでーす！　ウワオーウ！』

　興奮して踊り出す栞に、宙と優羽も『うわおー！　くきゃきゃっ！』『やっちゃー！』と真《ま》似《ね》して歓声を上げた。

「な？」

「ええー……許可取ったことになるのかなぁこれは……」

　千尋は首を捻《ひね》りながら、

「てゆうか、私は許可した覚えなんてないんだけど？」

「千尋はまあ、チョイ役だし別にいいかなって」

「よくないよ！　たしかにテレビに映ってるだけのチョイ役だけど、この設定は断じて見過ごせないよ！　だって34歳で名字が羽島のままってことは、私まだ結婚できてないってことじゃない！」

千尋《ちひろ》の抗議に伊月《いつき》は淡々と、

「それは違うぞ。２８歳のときアメリカ人宇宙飛行士のジョージ（３０歳）と結婚したものの、常に自分の上を行くお前にコンプレックスを抱いたジョージとはすぐに不仲となり、２年後に離婚して名字も元に戻ったという設定だ」

「もっと悪いよ！　無駄に生々しい設定ほんとやめて！」

千尋は叫んだあと呼吸を落ち着け、

「じゃあ、撫子《なでしこ》ちゃんには許可取ったの？」

「いや。撫子には事後承諾ということで昨日読ませてみた」

「……撫子ちゃんの反応は？」

「ガチギレされた」

「ほらあ！　兄さんは何度撫子ちゃんの心を傷つければ気が済むの⁉」

伊月は一見反省しているような顔を浮かべつつ、

「なんか最近、撫子をいじめるのが楽しくなってきた俺がいるんだ……。あいつ、曇ってる顔が一番可愛《かわい》くない？」

「小説の中のしーちゃん１６歳バージョンみたいなこと言わないでよ……。女の子はみんな笑顔が一番だよ。てゆうか、未来のしーちゃんをなんであんなキャラ造形にしちゃったの？」

「俺に訊《き》かれても困る。夢で見たのをそのまま書いただけだからな」

真顔で答える伊月に、千尋は疑わしげな目を向ける。

「それが怪しいんだけどなあ……。夢って普通、もっと主観的で支離滅裂なものじゃないの？　こんな綺麗《きれい》に話の筋が通ってて、三人称視点で複数のキャラクターの心情がわかるような夢なんてあり得る？」

千尋の指摘に、伊月は逆に驚いた顔を浮かべ、

「え？　なんつーか映画を観てるみたいに起承転結はっきりしててキャラも立ってて、完全に一つの作品になってるような夢って、たまに見ないか？」

「ええ？　私は一度もそんな夢見たことないけど……」

「そうなのか……。和子《かずこ》や春斗《はると》はたまに見るらしいけどな、映画みたいな夢」

「ほんとに？」

「ああ。……まあ、夢ってのは寝ている間に脳が記憶を整理しているらしいから、日常的に脳内で物語を生み出し続けている俺たちのような一流作家でないと見られないのかもしれないな、このレベルの夢は……」

フッとドヤ顔を浮かべる伊月に、千尋はとてもイラっとした。

「……まあ、夢ならしょうがないのかもしれないけどさあ……全体的に未来のガジェット描写が雑だよね、この小説」

「うっ⁉」

千尋《ちひろ》の指摘に、伊月《いつき》は呻《うめ》いた。

「なんなの？　馬鹿の一つ覚えみたいにハイテクハイテクって。たしかに10年後のテクノロジーを正確に予測するのは難しいけど、きちんと取材してたらある程度のディテールは想像できるでしょう？」

「そ、それはだって……夢だし……」

「元々はただの夢だとしてもさあ、こうして小説にして他人に読ませる以上は、最低限のブラッシュアップはするべきなんじゃないの？」

「うぐ……」

返す言葉もなく押し黙る伊月に、千尋はさらに畳み掛ける。

「どうも10年後の未来っていう舞台設定に甘えすぎてる感じがするんだよね。たとえば楓《かえで》ちゃんの病気もそうだよ。10年前……つまり今の医学では不治の病なのに、10年後には特効薬が完成して完璧《かんぺき》に治せちゃう病気って、具体的になにを想定してるの？　多分なんにも考えてないよね？」

「そ、それは、実際の病気をそのまま使うと出版社のコンプライアンス的な問題があったりするからあえて曖昧《あいまい》に……」

「だとしても、詳細を何も考えずに、単に物語にとって都合のいい架空の病気をでっち上げるのは違うんじゃない？　これじゃただのご都合主義だよ」

「あぐぐ……」

「あと他にも、たまに未来の教育制度について今とは違うってことがチョロチョロと書いてあるけど、現実の教育システムについてはちゃんと調べたの？　これも話に都合がいいようにでっち上げただけじゃない？」

「お、おっしゃるとおり……」

「それからさあ――……」

…………。

…………。

……千尋による、京《みやこ》や土岐《とき》にも劣らない容赦ないダメ出しは小一時間にも及んだ。

「も、もう勘弁してください……」

心がグロッキーな伊月に、千尋は嘆息し、

「まあ長々と指摘しちゃったけど……根本的に気持ち悪いんだよね。自分の見た夢をこんな具体的に小説にしちゃうのも、それを勝手に作中に登場させた本人にドヤ顔で読ませちゃうのも、作中でちょくちょく自分のことを凄《すご》い作家だって持ち上げてるのも、擁護《ようご》しようがないレベルでキモいと思う」

「ぎゃぼぉうっ!!」

トドメの一撃に、伊月の心は完全に折れた。

もともとたまに毒舌家な一面を覗《のぞ》かせることはあったが、最近仲良くなった春斗《はると》の妹の影響で、千尋《ちひろ》の毒舌は以前にも増して攻撃力が増している。

伊月《いつき》は涙目になって立ち上がり、わなわなと震《ふる》えながら千尋を睨《にら》む。

「なに？　兄さん」

「…………き……」

「き？」

「……き……」

「……？」

「キモくなかったら小説なんて書いてねえええええ!!　千尋のバーカバーカッ!!　うんこたれ妹ー!!　お前なんか敏腕編集者になっちまえー!!」

アホな子供のように叫んで、伊月は荷物も持たずに家を飛び出していってしまった。

まがりなりにも日本一のラノベ作家の称号を手にした男とは思えない醜態であった。

千尋はしばらくぽかんと兄の出て行った扉を見つめたのち、

「編集者も興味なくはないんだけど……でも、ならないよ」

そう呟《つぶや》き、テーブルの上の原稿を手に取った。

「……だって私は、宇宙飛行士になるんだから」

大学院に進学したのも、宇宙飛行士になるために博士号が欲しかったからだ。

しかし千尋はこの将来の夢を、伊月はおろか、両親にも友達にも、春斗にもまだ言ったことがない。

誰にも話したことがないにもかかわらず、小説のなかで千尋が宇宙飛行士になっていて、正直ものすごく驚いた。

――もしかして、兄さんが見たのは本当に予知夢だったりして……？

「ふふ、まさかね」

非科学的な考えを、千尋は一笑に付した。

もちろん自分が宇宙飛行士になることは確定だけど、34歳までには愛する人と結婚もしているはずだ。アメリカ人宇宙飛行士のジョージなどおらぬ。

栞《しおり》は闇堕《お》ちしたりしないし、撫子《なでしこ》もきっと10年後には……作家になれるかはともかく、あんなふうにやさぐれてはいないはずだ。

何よりこの小説には、いま羽島和子のお腹のなかにいる、宙の妹のことが一切描かれていないという決定的な瑕疵《かし》がある。

「……やっぱり誰にもわからないんだよ、未来のことなんて」

とはいえ、千尋《ちひろ》にも一つだけ言えることはある。

それは、10年後も100年後も、ともすれば千年先の未来でさえ、きっと人類は、「ないものねだり」を続けているだろう……ということだ。

才能、金、地位、名誉、家庭、容姿、人格、夢、希望、諦《あきら》め、平穏、友達、恋人、妹。

誰かが一番欲しいものはいつも他人が持っていて、しかもそれを持っている当人にとっては大して価値がなかったりする。

一番欲しいものと持っているものが一致しているというのはすごく奇跡的なことで——悲劇も喜劇も、主に奇跡の非在ゆえに起きるのだ。

人は誰もが、そんな悲しくも滑稽な世界の中で必死に足掻《あが》き続けるしかなくて。

それでも諦めることなく進み続けた者だけが、『これさえあればいい。』と言えるような自分だけの物語を、その手に摑《つか》み取ることができるのだ。

（完）

あとがき2

番外編だと思って油断したなバカめ！　実は本編でした！　……いや、実際完全に番外編のつもりで書き始めたのですが、『妹さえ』はそれなりにリアリティを重視してきたシリーズですので、番外編とはいえ大トリを務めるエピソードをあまり現実離れした内容にするわけにもいかず、とはいえ文系脳の作者には10年後の未来を的確にイメージすることは難しく、そもそもラノベ業界が存続しているのかどうかすらわからないので、こういうオチになりました。千尋《ちひろ》が語っているとおり未来なんて誰にもわからないと思いますが、もしかしたら本当に宙《そら》や優羽《ゆう》の未来には、こんな物語が待っているのかもしれません。

というわけで『妹さえいればいい。』シリーズ、これにて本当の本当に完結です。最後まで読んでくださった皆さんの未来が、最高に幸せなものであることを心から祈っていますが、それ以上に僕自身が幸せになりたいです。げっごんじだい!!

えー、新作についてですが、13巻で行ったアンケートの結果では『〆切前には百合が捗《はかど》る』が一番人気でした。一本だけ『妹さえ』と世界観が同じで京《みやこ》が出るという下駄を履いていたので当然といえば当然でしょうか。あとがき1でもお知らせしたように、こちら『カクヨム』にて一部先行公開されており、年内には出版予定です。

次は『僕たちは失敗しました』が人気でした。今の大学受験は自分の現役時代とは大きく違っていますし、受験システムが常にマイナーチェンジを繰り返しており、つい先日のように「共通テストに記述式問題を導入するぞ→やっぱやめます」というふざけたことがあったりと、調べれば調べるほど長期シリーズとの相性が悪い感があるのですが、実現に向けて検討中です。

他は『悪食姫』以外の3作品がほぼ横並びで、いずれも検討中です。どうやら僕にファンタジーものの需要はないようで……だからこそあえて挑戦する可能性は大いにあります。

というわけで先のことはまるでわかりませんが、僕の未来とあなたの未来が、新しい作品を通して再び重なってくれることを願ってやみません。きっとまたいつか、お会いしましょう。

２０２０年１月　平坂読《ひらさかよみ》

※最終巻ですがアンケートフォームはこちらからどうぞ←　１４巻もしくはシリーズ通してのご感想など、聞かせていただけると嬉しいです。

あとがき

イラスト担当のカントクです。

あとがきイラストは、千尋の未来の可能性。妹の魅力は宇宙規模。

物語、ついに完結です。堂々とした終わりで幸せです。終わった寂しさはあるけど、最初に来る感想は「すごかった！」です。

番外編は子供達のお話でしたが、面白すぎない？

もうずっとこのシリーズやっていけそうだもん。

この最終巻と同時発売で、妹さえの画集も同時発売です！（ダイレクトマーケティング）
一巻からのイラストが載っているので、是非この作品を振り返ってみてください。

KANTOKU

〈神絵師〉カントクが
描き上げた、
コンプリート画集!!!!
すべて。
『妹さえいればいい。
カントク ART WORKS』
好評発売中!
著:カントク　原作:平坂読
本体 3,900円+税

5年にわたって
『妹さえいればいい。』の
〝妹さえの
【全裸×透明カバー】仕様
最終14巻まで“すべて”のカラーイラストを収録
アニメ、グッズ、作中作etc……単行本未収録イラストを網羅
キャラがイラストを振り返る!?　平坂読書き下ろしの
キャラクターコメンタリー付き
平坂読×カントク！ 誕生秘話から裏話まで、至高のクリエイター
同士による初対談を掲載

GAGAGA

ガガガ文庫

妹さえいればいい。14

平坂 読

発行　2020年2月23日　初版第1刷発行

発行人　立川義剛

編集人　星野博規

編集　岩浅健太郎

発行所　株式会社小学館
〒101-8001 東京都千代田区一ツ橋2-3-1
[編集]03-3230-9343　[販売]03-5281-3556

カバー印刷　株式会社美松堂

印刷・製本　図書印刷株式会社

Printed in Japan　ISBN978-4-09-451828-3